I0764622

Relatos abjasianos

Primera impresión: Octubre 2015

ISBN: 978-84-617-1977-8

Relatos abjasianos

IGOR DE CABO LÓPEZ

Primera edición

2015

Dedicado a todos aquellos que de alguna forma u otra amamos a Igor. Para disfrutar de su genialidad indefinidamente.

Índice

Editorial: En Re menor

La orca ciega, El entierro vikingo del pez Rambo, Er Zevillano y zu mué (que no zuda, con el Mahan y la estantería y el Zcrhio potcando...) Son muchas las historias que no hemos podido reescribirlas, son muchas las aventuras que no quedan registradas (algunas mejor así...) y otras que no sabemos. Envidio a todos aquellos que han vivido cosas con Igor y en las que yo no pululaba cerca para vivirlas con él. A cada uno nos enseñó de una manera, nos prestó parte de la estrella que es.

Y por mi propio egoísmo, intentando reconocer que ahora camino más sólo y no sé si más fuerte, quisiera tener todo lo que, al menos, escribió como literatura. Esta opinión creo que es extensible a todos aquellos afortunados que nos hemos cruzado en su andadura terrenal. De ahí la motivación adicional de redescubrir y revivir sus fantásticas historias, para releerlas y tener más cerca su aroma.

La gran parte de los relatos corresponden, si no todos, a su andadura en la Escuela de escritores. Muchos le costó sudor y miles de revisiones por su revisora oficial. Nuestra gratitud infinita, Bea.

El colofón final, el último escrito en esta edición ("Hola terrícolas"), es la dedicatoria que realizó a Carol y Erik en su boda, que leyó y que después firmó con una canción de Sinatra (... en solapa de portada...). Yo no he podido volver a leerla. Hice Copy-Paste.

Una noche, mientras me desangraba por varios padrastros y ahogaba la guitarra con sangre etílica al son de un blues improvisado de Igor... ¿Fue en esa ocasión o en la discusión de porqué me gustaba cierta canción popera ñona...? Bueno, sea como fuere, al comentar la melodía con Igor me dijo:

-"Sí, está bien, pero tiene tintes tristones..."
-"¿Qué dices picha?"- argüí yo-. "Es alegre desde la primera estrofa hasta la última, pasando por todos los estribillos, cohone".
-"Ya, pero está en clave menor canio"- catacrá. ¿Qué cojones decía? - "Cualquier melodía en clave menor denota algo más dramático, quizás más melancólico".

:|

Así era Igor terrenal, un tipo ilustrado... Eso sí, un día casi se ahoga intentando buscarme (y rescatarme) mientras hacía surf..., pero esa es otra historia...

No podía por menos, dedicar y sintetizar en el título de la primera edición, lo emocionante de revivir las ideas y frescura de Igor, hacerlo como una canción de rock, con notas vivas y allegros, pero... con cierta (mucha) melancolía.

Aprendiendo siempre de ti.

Palmera

NOTA: Si, entre estas páginas os descubrís, no es casualidad. Pero si veis que faltan más relatos o artículos de interés público... Aro..., al Palmera...

Prólogo: Lona

Queridos amigos Abjasianos y todos aquellos que han llegado aquí desde cualquier otro punto de la Galaxia, he de deciros que es muy difícil describir en su inmensa grandeza al "Rey de Abjasia". Me he preguntado todo este tiempo si lo que voy a decir, le gustará y lo que es más importante aún ¿conseguiré estar a la altura de una súbdita decente? Tremenda labor la de los Apóstoles aunque, voy a ser sincera con vosotros; los Abjasianos, creer lo que se dice creer, creemos en él, "Igor de Cabo".

Ya le estoy oyendo decir aquello de: "Lona, cuando pase un coche rojo me río".

Para aquellos que no le conozcáis y que la causalidad os haya varado aquí, os diré que lo que sostienen vuestras manos, es el alma de un ser maravilloso, para quien la realidad es mucho más que aquello que ven nuestros ojos, alguien capaz de transformar lo cotidiano en original, lo difícil en sencillo y la sonrisa, en la mejor banda sonora del día. Sus relatos nos convierten a los que le conocemos, en los protagonistas de la Historia Interminable, sus anécdotas, sus sueños, nos hacen viajar a lomos de un gran lobo blanco, para mostrarnos la vida siempre desde un lugar mejor. Aquí está su mundo y el nuestro, que a pesar de parecer infinitamente distantes, se funden y entremezclan para resurgir magníficamente cerca.

Igor es un Rey de un planeta llamado Abjasia, coronado por todos sus súbditos , venidos de diversos lugares en una especie de votación, que ha viajado a través del tiempo y ha sido refrendada en las tarde de verano, en los duros debates, con las risas, los goles del Madrid, los conciertos, un calvo con un calcetín en el portal, las chirigotas, el mar y su ciencia , juegos de rol, el barco, las acampadas, huidas a islas mágicas, cascos de bicicleta, el estudio del Toño, su amor, colchones en el suelo, fiestas del pantano, noches sin dormir, confesiones y consejos. Todo ello hace de su investidura algo tremendamente poderoso e indestructible, que varía el mapa genético de quienes le conocemos.

Todo Rey fue antes un príncipe y como tal, él era el principito de ojos azules, rizos dorados y una genialidad que ya apuntaba maneras. Su madre me contó una vez lo sorprendida que se quedó, cuando la profesora de infantil la llamó, para preguntarle si había ayudado a hacer los deberes a su hijo, algo que ella negó y le mostró, la rima que había escrito Igor: "La policía tiene la sangre fría y no caliente, como el resto de la gente". Solamente tenía cinco años y ya comenzaba el despliegue temprano de su magnetismo, aunque por aquellos tiempos solamente estaba entrenándose.

Con los años a todos nos ha ido dejando con la boca abierta, no podría resumíroslo en estas líneas, porque correría el riesgo de comenzar una Biblia de anécdotas que se suceden cuando Igor entra en acción, así que os remito a que si encontráis algún Abjasiano en vuestro camino, le preguntéis.

Claro, ya sé que ahora estaréis pensando: ¿Cómo reconoceré a un Abjasiano? y lleváis toda la razón, pero si os aproximáis a tierras Bercianas o dais un paseo por la playa de la Caleta en Cádiz, es probable que os topéis con alguno. Os diré, que gozamos de un gran sentido del humor, los Abjasianos estamos bien instruidos por nuestro Rey en el arte de sonreír y de ironizar. Creo que a estas alturas, en Abjasia se ha reunido un comité de expertos para descubrir porque falló el Proyecto Moho.

También respondemos una serie de nombres en clave, que nada tienen que ver con aquellos impuestos civilmente, así nos fue bautizando Igor en muchos casos y en otros hemos sido nosotros bajo su supervisión, encargados de hacerlo. Él ha ido seleccionando especímenes distintos, dentro de la variedad de los simples humanos y de este modo ha conseguido formar un ejército a su alrededor. Una de sus células militantes más tempranas fueron los "Maniacs", compuestos por Su Hermando, Drulax, Rocoh , Tonón y Sines. Posteriormente a los de arriba, se sumaron los de abajo y más tarde los de Cádiz, y así los abjasianos hemos ido invadiendo el territorio y haciéndonos más poderosos.

Por último, me gustaría que pudierais vivir de alguna forma parte de la energía que Igor desprende, entre estas páginas surgirá su luz, su fuerza y su ejército, pero si alguna vez además, queréis sentir cuanto puede llegar a brillar, os aconsejo que realicéis el ritual que aquí os dejo.

Buscar una puesta de sol, un atardecer que os enmarque el alma, como ya he dicho anteriormente, los lugares mágicos son el valle del Bierzo o la Caleta en Cádiz, desde allí existe un canal directo con Abjasia. Una vez seleccionada la puesta de sol, os aconsejaría que no olvidarais llevar una botella de Four Rouses para hidrataros, sus súbditos somos, por lo general, gentes sedientas, aunque cualquier brebaje que deseéis llevar estará bien, si algo hay en abjasia es variedad de gustos. La música es fundamental para que este ritual funcione correctamente, solamente los grandes como los Beatles, Nirvana y también los Red Hot o Pearl Jam, sería los idóneos, además os confesaré algo, es muy probable que cuando lo llevéis a término, no sea Paul McCartney el que cante, ni tampoco Kurt Cobain, es el mismo Igor en Persona el que les roba el micro y todo el protagonismo, pero esto los Abjasianos lo sabemos desde hace tiempo.

Cuando completéis todos los pasos, podréis sentir su inmensa luz y no será la del sol la que os ciegue y os provoque una sonrisa, es su calor, su energía, su magia la que viaja desde un extremo al otro de la Galaxia hasta vuestro encuentro, susurrándoos al oído aquello que solo vosotros y el sabéis, consiguiendo una vez más haceros reír.

Angélica Ortiz López

Prólogo: Investigación secreta, la coges o la dejas

Mi hermano y yo solíamos dormir juntos en la casa de mis abuelos, una habitación grande, una cama grande, un gran pasillo que llevaba hasta ella...., todo muy grande para unos niños de 4 y 7 años. Recuerdo el frío al entrar a la cama y el peso de varias mantas de Val de San Lorenzo que hacían bastante difícil el moverte, además, para combatir el frío, qué menos que un par de ladrillos calientes envueltos en papel de periódico. Toda esta parafernalia ayudaba a entrar en, más o menos media hora, en calor. Pero esta historia no va de las vicisitudes de un invierno Leones y de sus incomodidades, pues os falta aún un dato importante por saber.

Mi hermano mayor desde su infancia siempre fue un maná incontrolable de imaginación y cada juego que proponía, era mejor que el anterior que habíamos practicado antes, yo por supuesto era su fiel escudero en todas esas aventuras. Seguro que muchos pensaréis que tal vez está exagerando, que tal vez todo sea fruto del amor que se profesan dos hermanos, pues para los incrédulos allá van varios ejemplos. Cuando íbamos a jugar al fútbol pertenecíamos a el equipo llamado "los invencibles", no era un equipo cualquiera, había informadores secretos que veían nuestros partidos y a cada victoria nuestro equipo subía en la clasificación. Cuando jugábamos con los clicks de playmobil convertíamos la habitación de los juguetes, en una gran ciudad con montañas y ríos, granjas, ayuntamiento, casas unifamiliares hechas con cajas de cartón, carreteras, tejido industrial...,¡¡las de Diós!!. Aún no sé si era más divertido montar todo ese estaribel o las horas que pasábamos jugando después, pues cada personaje de esa historia tenía su personalidad, perfectamente interpretada por mi hermano.

¿Más ejemplos?, infinitas carreras de chapas por toda la casa con etapas de montaña y todo (la mesa del comedor, el sofá...), antes de recoger, que también teníamos padres, o ¿qué os pensabais?, anotábamos cuidadosamente el cuadrante en el que estaba cada chapa para continuar la carrera al día siguiente. Desembarcos a lo Normandía, guerras de indios y vaqueros en los que siempre ganaban los indios, soldaditos apostados en las escaleras, juegos de mesa con nuevas reglas que los hacían apasionantes, la habitación de las tinieblas, la escalada al Everest, tandas de penaltis infinitas.... Pero el juego que nos ocupa en esta Historia era "Investigación secreta, la coges o la dejas".

El juego era sencillo, una vez acostados los retoños por sus padres y una vez que nos creían dormidos mi hermano decía las palabras claves y lo que estaba destinado a ser una noche de plácido sueño, se convertía en una noche de apasionante aventura. El objetivo, de lo más sencillo, salir de nuestra cama y nuestra habitación y recorrer toda la casa sin que nuestros padres nos pillasen..., tan sencillo como difícil, pues nuestro padre no se acostaba nunca antes de la una de la mañana, siempre éramos interceptados en el salón, pero la emoción al llegar a ese momento era máxima.

Pero ese día no estábamos en el lugar habitual, ese día estábamos en la casa de mis abuelos y tampoco era un día habitual, era la noche de reyes. Me acosté como siempre con el frío en los huesos, pero con la ilusión de levantarme al día siguiente con los regalos de sus majestades. Dormía y mi hermano me zarandeó, me desperté pensando que ya habían llegado los esperados regalos y mi hermano soltó las palabras claves "Investigación secreta, la coges o la dejas", mi respuesta no se hizo esperar "la cojo, la cojo". Aunque nevase fuera ya no hacía frío, la emoción de esa misión lo era todo. Nos deslizamos de la cama y gateando recorrimos el gran pasillo hacia las escaleras que descendimos con sucinto sigilo. Estábamos ya en la planta baja de la casa de mis abuelos y vimos la luz que iluminaba el marco de la puerta del salón. ¿Los reyes magos?, ¿ya habían llegado? El salón y la cocina estaban conectados por un hueco que servía para economizar el uso del televisor, quiero decir, si estábamos en la cocina la pantalla de la tele miraba hacia la cocina y si estábamos en el salón (cosa que se daba pocas veces en invierno, pues en el salón no había brasero) sólo había que girarla..., pura eficiencia. La puerta de la cocina era el último obstáculo pare ver a sus majestades, la abrimos con sumo cuidado, acercamos una silla a la pared y mi hermano se subió a ella. Su cara se desconfiguró, me invitó a que me subiera y descubrí la verdad. Allí estaban mis abuelos y mis padres con unos cuantos regalos, dando buena cuenta de las viandas que les habíamos preparado a los reyes magos. Sí, ya sé que tarde o temprano todos nos enteramos, pero ¿alguno podéis recordar cómo os enterasteis de que los reyes eran los padres? Yo, si me acuerdo, es gracias a la "investigación secreta".

En las siguientes páginas encontraréis grandes relatos de una imaginación deslumbrante, de fácil lectura y de gran pluma..., porque si con siete años ya era capaz de tanto, ¿de qué sería capaz después?

Erik de Cabo López

El ejército de pegamento

Nunca he tenido la oportunidad de ver los años como algo unitario. 365 días que comienzan un uno de Enero y acaban el treinta y uno de Diciembre. De un tiempo a esta parte, desde el comienzo de la Gran Guerra, mi escala temporal ya apenas se veía afectada por la Navidad, la cosecha, las estaciones o las fiestas señaladas. Estos últimos tres años bien podrían haber sido como uno o como seis, en ninguno de los dos casos estaría lejos de la realidad, en ninguno de los casos estaría acertado del todo.

Mark es una de esas razones a las que todavía me agarro para seguir aquí. Está con su cabeza sobre mi hombro, dormido, exhausto. Ni siquiera le altera la concurrencia de un vagón lleno de hombres. Tampoco a mí. Crecimos juntos, en otros tiempos en blanco y negro. Protegernos era casi el único motivo por el que seguíamos vivos. Eso y la quimera de la vuelta a casa, que proyectaba tal cantidad de color a mis pensamientos, era de tal intensidad, que me impedía distinguir las caras, lugares y formas, otrora familiares. Pensar en ello era como quedarse ciego por tanta luz.

Tras días de viaje y contadas paradas para atender las necesidades primarias de una muchedumbre aplicada, el tren nos despidió al frenar con su último y desafinado concierto de cuerda. Esperaba escucharlo por penúltima vez, sólo ansiaba el momento de oírlo una postrera y volver a ver a mis padres, a los viejos del lugar, a las chicas que se quedaron, a las historias incompletas. A dar el pésame a las familias de los caídos, a volver a besar los labios de Paulina, a ir a la boda de Mark y contarle luego a sus hijos qué valiente fue su padre. A morir de felicidad en una realidad que antes era normal. Sólo al perderla la codicié.

Nos fuimos niños y ya éramos hombres. Buenos hombres según decían por ahí. Pero no buenos hombres en el sentido que siempre hubiera figurado, o también.

Lo que ellos realmente valoraban, era otro tipo de bondad. Era nuestro ímpetu para apuñalar con la bayoneta, nuestro innato don para apuntar y extinguir a distancia. Nadie parecía percatarse de la cobardía de tal heroicidad. Y esa cobardía era el origen de todos nuestros privilegios. Doble de sopa, doble de medicinas, y retiros temporales a la retaguardia para descansar. Había hecho a Mark imprescindible a mi lado, pasó de la primera línea a encargarse de seguirme a todas partes con el periscopio. Éramos nuestro último asidero, la muleta el uno del otro.

Llegamos, 2000 kilómetros al sur. De ahí, más traslado de reses mudas, en carretas tiradas por caballos, hasta nuestra ya conocida morada, la tierra excavada, la tumba abierta, el corredor del ruido, el pasillo del espanto, la trinchera. La cicatriz que nos alejaba de todo, la herida en una tierra que, supuestamente, defendíamos.

Rápidamente nos dirigieron, junto con otros, al barracón de mando. De ahí a la primera línea pasaron pocas horas. Parecíamos hacer mucha falta. Como si nuestras bondades fueran de extrema necesidad en aquel lugar y en aquel momento. Llegamos por la tarde, hacía calor, nos libramos por el camino de parte de nuestro pelaje de invierno.

De día no hay vida en la trinchera. Te cambian el mundo y te lo cambian a base de bien. El día es como las noches de antes, calmadas, silenciosas. El día es la pausa, la comida, el sueño. El lametón de las heridas.

La noche no es, sin embargo, como los días de antes. Es bulliciosa, pero no como el alboroto de Viena en las mañanas de mercado. Es un bullicio tóxico, del que ya no te librarás jamás después de la primera vez. Su recreación diaria es lo que nos hace superar el miedo. No hay como hacer de lo excéntrico algo habitual para asumir que es nuestra nueva normalidad.

Aunque hay algo difícil de asimilar, en las noches de trinchera, el ganado recupera la voz. Y grita.

Nos asignaron un habitáculo excavado en una pequeña loma que llevaba a través de un angosto corredor a la trinchera principal del frente. Una puerta nos daba una cierta privacidad, nos descosía del caos que aguardaba a dos metros. Allí no hablábamos, allí comenzaba nuestra rutina. Deshicimos los petates con la precisión habitual, esto aquí, eso allá, lo otro para luego, aquello por si acaso...

Y se fue el Sol y llegó la Luna, el faro, mi guía. Luz, sombras y distancia, no necesito más.

Empezó la fiesta, la vida comenzó a hacerse presente en aquella explanada apartada del mundo en su forma más despiadada. Ruido de artillería, oleadas de hombres de escaramuza en escaramuza dejando como último rastro de vida un quejido que llenaba el aire. Mark ya estaba apostado frente a la pared, con su periscopio escrutando cualquier movimiento. Respiré tratando de alejar mi alma de mi cuerpo, sabía cómo. Asomé mi Mauser por el único hueco que daba luz a la estancia, cerré los ojos y recé una última plegaria por los que se fueron.

Mark me espera, una vez en posición de tiro comienza a silbar la canción. Esa canción. Lo hacemos desde una noche en la que teníamos la línea inglesa a tan sólo unos pocos metros. Recuerdo que muchos días solíamos hablar con el contrario. Preguntábamos y respondíamos. Con absoluta sinceridad. Teníamos más empeño por conocer que propósito de odiar. Así, una noche, comenzaron a entonar la melodía. Un cuatro por cuatro que hacían acompañar por una flauta que marcaba el son de las rimas, a menudo malsonantes, que los soldados interpretaban a voz en grito. Afortunadamente nos dio tiempo a preguntarles por ella, la marcha del Coronel Bogey, la noche siguiente ya no hubiéramos tenido la oportunidad. Todavía rezamos por ellos.

Un, dos, tres, cuatro. Ya oigo los silbidos de Mark, ya sólo oigo eso. Cuatro por cuatro, una marcha alegre, como de irse a pescar. “A las dos”. Recibido. Tensión ocular, búsqueda precisa, ahí. Espero, corchea, corchea, silencio de negra con puntillo, corchea, ya. Despachados. Los tres.

Mark se puede tirar toda la noche silbando, sin descansar, pegado a su tubo de lente.

Habíamos tenido jornadas duras, pero ésta se llevaba la palma. Las horas avanzaban y no dejábamos de detectar y actuar, la munición incluso comenzaba a escasear. No dejaban de aparecer y aparecer por todas partes.

Fue entonces cuando rompió nuestra coreografía un silbido fatal. Un zumbido seco que paró la marcha del Coronel y todo lo demás de manera rotunda. A medida que salía del aturdimiento comencé a escuchar el ruido. El ruido de la guerra que seguía en su apogeo pero que yo tenía con la sordina. El ruido que se hizo insoportable cuando alcancé a ver mis cimientos derrumbarse. Ya no pudo decirme nada más. Ni un “hasta pronto amigo”.

Y cayó sobre sus rodillas, yo sobre él. Le abracé fuerte, se vencía, pesaba, y tenía ya un caño de sangre, la firma de un virtuoso rival. De nada valía gritar pidiendo ayuda, ni siquiera yo oía mis lamentos. Vinieron a recoger a Mark, me aseguré de que tuviera una despedida a su altura, nadie objetó.

Me trajeron a mi tumba, me alistaron por la fuerza en una división de pegamento que me dejó unido a la herida de la tierra, encolado a la sangre de mis amigos. Pegado a la crueldad, pegado a la capitulación, pegado a una mira telescópica de terror, pegado a un fin tan obtuso y estrecho como la misma. Pegado a un mundo del que quisiera irme. Mis alas no se derritieron por el Sol. El engrudo en el que me hundía era lo que me impedía levantar el vuelo.

“Toc!, Toc”. La puerta sonó después de horas sin hacerlo.

“Pasen”, musité.

“Su nuevo ayudante, no tiene mucha experiencia pero confiamos en que usted sabrá qué hacer”.

Se fueron y el joven me observó, esperando alguna orden. Tenía los ojos azules, muy claros. Miré a través de ellos y pude verlo, sonriendo, al fin en calma. Allí.

Me incorporé y no dejé de mirarle; “¡Muchacho!”, exclamé.

“¿Si, señor?”

“Lección del día, un cuatro por cuatro. Es muy fácil soldado, abajo, izquierda, derecha, arriba, y ...”.

Rumbo en Z

Me levanté igual que cualquier otro día, excepto por una voz en mi cabeza.

Me dirigió desde el dormitorio al salón de casa donde interactuaba en esa mañana mi familia. Era la agitación normal. Sólo la presencia de un extraño objeto sobre el televisor llamó mi atención. Era un cacharro con forma de caja en la que podía verse una especie de Y titilante en su interior, sabía lo que era, pero en ese instante no podía recordarlo. Oí salir un "hola" de mi boca y vi como mi cuerpo se giraba hacia el pasillo y lo encaraba con decisión hacia el cuarto de baño. Mis manos cogieron entonces el cepillo de dientes y mis ojos se elevaron hacia el reflejo de siempre. O no.

Ese no era yo. No sé qué habrían hecho conmigo, a qué galera me habrían condenado o qué cruz había tenido que cargar, pero el que me devolvía el espejo, no era yo.

Y tras la confusión y el alboroto que siguieron, pude entender entre explicaciones de los unos, sollozos furtivos de otros y argumentos tremendos, en el lío en el que había estado últimamente metido. Un lío que daría para otra historia, pero digamos que el trauma al que llevaba años enfrentándose mi cuerpo era de tal calibre que, por alguna razón, lo había olvidado todo de estos últimos años. Imposible asimilarlo esa mañana de golpe.

Dos llamadas telefónicas después, estábamos todos en el coche de mi padre consumiendo el camino que llevaba al hospital. Es chocante que me supiera el camino de memoria.

Llegamos sudando fruto de nuestra encubierta carrera desde el coche hasta la entrada.

Dentro nos esperaban, sentados tras una mesa y ataviados con sus quimonos, el señor de la barba blanca, el chico del boli y las tres jóvenes de los platos en los ojos. Un clásico del dojo clínico.

Pero volvamos unas horas atrás porque es aquí donde reside el motivo de que os cuente mi particular historia.

Antes de salir de casa, coincidimos solos mi hermano y yo por espacio de una media hora en el salón. Estaba más relajado, gracias en parte al Valium 10, mientras los demás ataban los últimos cabos antes de salir pitando hacia el psiquiatra. Entonces encendimos el televisor para relajar la tensión...

- "¿Quién es ese tío?, le pregunté contrariado.

- "El presidente del país. Tu presidente".

-"¡Estás de coña!" respondí.

Mi hermano, que es un tío muy avispado, lo apagó inmediatamente.

Se levantó entonces decidido y cogió algo de la estantería, se agachó y cacharreó algo debajo de la tele. Luego se sentó a mi lado y me preguntó.

-"¿Quieres un regalo de cumpleaños?"

Piénsalo, es justo, lo celebramos por todo lo alto, pero no recuerdas nada, si callas y observas, te prometo el mejor regalo que se haya hecho jamás".

Qué pregunta. "Si". Y más cuando ya estaba yo con Luci, el sky y los diamonds todos juntos. ¡Vamos! ¡Qué pregunta!, "¡SI!".

Adoro los narcóticos...

Me hizo cerrar los ojos y abrirlos otra vez, como en el comienzo de una peli. Escuché el chasquido del ON, miré otra vez hacia ese extraño cacharro de encima de la tele que me tenía tan intrigado y se hizo la luz. La Y de la caja brillaba a tope.

Allí me los mostraste hermano, allí en el circo máximo. Allí como si se hubiesen juntado generaciones de hombres orgullosos y nobles. Allí como si unos cuantos virtuosos hubieran decidido unirse al son. Allí, hermano, como si hubiesen confluido en uno el puñado de los más grandes que jamás honraron, sudaron y sangraron semejante camiseta.

Y cuando a la bestia parda que asolaba los laterales de los campos de fresas le dio por soltar esa salva al aire hermano, en ese momento no era ni medio consciente del presente que me ibas a brindar.

Y digo presente, hermano y podría decir pasado, futuro y lo que quede por acontecer o haya acontecido ante los ojos de cualquiera. Porque no fue sino después de ese disparo certero cuando Atlas, como molesto por su picadura, dejó caer su condena. Cayó la esfera de entre las nubes y se hizo pequeña y se hizo lenta y se suspendió a unos metros de la pradera.

Ahí se paró todo hermano, se paró el cancerbero, se paró la grada, se paró el cuervo sobre el busto de Palas, se paró el viento, se paró, todo. Fue una reverencia del tiempo hermano. La mayor reverencia de todos los tiempos. Una reverencia a la figura del Tuareg que se erguía orgulloso ahora en toda su belleza y esplendor. Y digo belleza en grado superlativo, no cursi, no de la de a qué huelen las flores ni mierdas de esas hermano, belleza de cuando bajas del bus en el Cairo y se te planta la pirámide de Giza de bruces y se te para algo, algo se te para, te juro, en ese momento que se me paró también a mi y me dejó mudo por tanta conmoción en tan poco tiempo.

Ese, hermano, al que tanto había ansiado y al que veía ahora enfundado en el traje con el que enfundan a los sueños, dibujando con su pincel un infinito arabesco acompasando la caída del mundo desde los cielos. Y, sí hermano, recuerda que el mundo había caído y se había suspendido allí mismo. Y con la fuerza de todos los demonios, de los más grandes a los más chicos, todos al alimón, incluidas las afrentas y desplantes de colegio, incluidas las de las islas. Las de las islas hermano, todos esos demonios, de los que me acuerdo y de los que no. Y todos los mayúsculos, los de las historias que me contaron los viejos, todos se unieron en una fuerza que hizo del Tuareg un auténtico Titán que descerrajó toda su furia haciendo del globo un proyectil letal de necesidad.

Y el gol. Qué te voy a contar a ti de un gol así hermano.

Luego un The End. Como el de Casablanca.

Y fue entonces cuando se me reveló lo del cacharro. Caí hermano, caí en la cuenta de que lo que era. Un condensador de fluzo, cómo había podido olvidarlo. Esa Y titilante.

Y al igual que Doc y McFly lo utilizaron para darse un viaje en el tiempo, se abría ante mi la posibilidad de usarlo. Usarlo como hicieron ellos con el almanaque de apuestas deportivas y llevarme la tele, el lector y lo que hiciera falta a hace unos años. Pegar el petardazo en el De Lorean y mostrarme el devenir. Decirme, sigue, persevera, aguanta. Y secarme las lágrimas. Que me veía, hermano, levantando la cabeza y mirando a todos esos chulos del instituto, retándoles a un te espero fuera y explicándoles cómo me los iba a pasar a todos por el arco cuando tuvieran que vestir luto por mi verbena.

A veces las cosas aparecen ahí, como por casualidad, como ese condensador de fluzo que coronaba el televisor.

...

El médico se sacó un caramelo del bolsillo. Desenroscó el envoltorio y lo puso sobre la mesa. "Pruebe esto joven". "Dígame a qué sabe".

Me lo metí en la boca. Cerré los ojos, jugué con él. Sandía y menta.

- "Sandía y menta".

No me miró entonces a mí, miró hacia mi familia satisfecho. Sacó de su puño el papel arrugado del caramelo. Lo aplanó cuidadosamente sobre la mesa. Claramente y como si el mismo papel respondiera a un acertijo todos lo pudimos leer. "Sandía y menta". Casi me hacen la ola.

De vuelta a casa, con una amnesia lacunar de estreno, "recuperará poco a poco los recuerdos, puede que no todos", fui masticando mi nueva realidad.

Tranquilidad absoluta, eso fue durante un tiempo. Sin sobresaltos, sin información, asimilando cucharadita a cucharadita todo lo bueno y malo que me había pasado. Pasaba esas fechas enfrascado en algún juego de consola que me alejara de todo lo que no necesitaba saber.

Cada día mi hermano regresaba de trabajar. Regresaba cansado como un mulo, harto de la jornada. Y a hurtadillas se me acercaba, mientras los demás se afanaban en la cocina, y se sentaba a mi lado. Y me agarraba el lóbulo de la oreja y casi sin decirlo pero diciéndolo, susurraba; "Fichasteis al calvo hermano". "Ganasteis la copa".

Y yo miraba al condensador de fluzo. Y mi hermano en ese instante se cobraba, deslizándose entre las verdades de mi mirada perdida, una parte de lo que había invertido. Y era como un regalo diario.

Qué pena no recordarlo hermano, qué inmensa alegría.

La isla de Nilde

La tía Nilde no tiene ni una cana. Pelo negro como el petróleo que siempre ha llevado cortito. Su ropa, como su nombre, son de otro siglo. Es menuda, de rasgos fuertes y ya por aquella tenía las arrugas propias de su edad. Su cara es un reflejo del paso de los años por un cuerpo cuya mente se quedó pronto varada. Y es que Nilde es una niña de seis años que juega en el cuerpo de una señora mayor. Ella "es pequeña" y punto.

Nilde, hermana de mi abuelo, vive en La Isla. Un pueblo leonés de un millar de habitantes que está lejos del mar. Siempre estaba inquieta al comienzo del verano. Todos los veranos llegaban a La Isla piratas.

"Con diez cañones por banda, viento en popa a toda vela, no corta el mar, sino vuela, un SEAT 124...

Como cada año, mi hermano y yo desembarcábamos en La Isla para sembrar el terror. Los únicos que podían controlarnos de manera efectiva, nuestros padres, hacían viaje de ida y vuelta. La ciudad no perdona a sus súbditos. Y a mis abuelos no les llegaba la autoridad como para contener tal dosis de tierna edad en flor.

Pasábamos los días estivales allí, divisando el océano de tierras desde el palo mayor del campanario de la iglesia, saqueando árboles con fruta, haciendo guardia en las troneras del corredor, buscando tesoros escondidos en el huerto de la abuela.

Nunca hicimos migas con los otros niños del pueblo, no se supone que un pirata vaya por ahí haciendo amigos.

Así que cuando me comunicaron la orden de aceptar a Benito ese año entre nuestras filas, no me hizo ninguna gracia.

Benito era un niño del pueblo, más o menos de nuestra edad y con algún enrevesado lazo familiar que nos unía y a la vez obligaba a ser diplomáticos con él. Benito debía ser también el penúltimo asidero al que se agarraban nuestros padres para que no fuéramos autistas.

Definitivamente no era un pirata, estuvo casi todo el día sin decir ni mu. A pesar de los esfuerzos de mi hermano por integrarle, asistía a nuestras confabulaciones parado, con las manos como esposadas tras la espalda. Me ponía nervioso su forma de mirarme cuando le hablaba, sacaba la cabeza como una tortuga, cerraba casi del todo los ojos como si no entendiera nada y ponía una mueca en la boca que le hacía cara de tonto.
Por eso nunca nos mezclábamos con los indígenas.

Pero resultó que al caer la tarde, Benito había cumplido al menos con el juramento del pirata. Y como había sido tan aplicado en nuestro ritual iniciático, pensábamos que se merecía un premio por ello y decidimos embarcarnos en la última del día. Como ofrenda, íbamos a compartir con él las mieles de uno de nuestros más secretos deleites. La tía Nilde.

Benito, como todo el pueblo, la conocía de sobra. Nilde solía levantarse cada mañana, se calzaba sus calcetines con topitos de colores, se ataviaba con su personal e intransferible mezcla de bordados, pulseras, collares y abalorios religiosos. Se coronaba con su diadema predilecta y salía a dar los buenos días a todas las mujeres que alternaban a las puertas de sus casas. Era la mejor recogiendo caramelos en los bautizos, todos los niños de La Isla lo sabían. Quién no iba a conocer a la tía Nilde.

Todos en mayor o menor medida habían jugado a picarle alguna vez para reírse con ella o de ella. Nosotros la llegábamos a cabrear. Pero a base de bien. Sabíamos de ciertos temas que, con la tía, no se podían tocar. Así que cuando entramos esa tarde por el enorme portón de madera que llevaba al corral de casa y la vimos sola dando de comer a las gallinas, saqué el tema del tiempo.

Y es que Nilde es muy susceptible con respecto al clima. Un día de lluvia no le permitiría levantarse por la mañana y empezar su rutina. Tendría que quedarse todo el día ayudando a los abuelos y en casa aburrida. No, eso a Nilde no le va.

- "Canta el gallo. Parece que va a llover".

Lo dije yo, pero la frase es de mi abuelo. Él la usaba como reactivo infalible para poner a su hermana en la espita. Nilde lo negó y yo lo volví a repetir, aparentando estar cada vez más convencido de que, irremediablemente, iba a llover. Y así sucesivamente, con la única variación en el volumen y tono de voz de la tía, que era cada vez más airado.

Benito, que nos observaba cauteloso, empezó a animarse y hasta pude escucharle reír por primera vez. Pero en algún momento se nos fue todo de las manos. La tía empezó a enfurecerse cada vez más y yo ya había perdido el control de la situación. Así que cuando nos dio la espalda y se agachó, como cuando se agacha un bebé a por su sonajero, pude ver entre el resquicio que dejaba su falda a cuadros y el suelo como recogía algo mucho menos pueril. Una vara.

Fui conciso:

- "Chicos, ¡Corred!"

Y para cuando lo dije, mi hermano ya estaba abriendo el portón del corral facilitándonos una fácil escapatoria hacia la calle.

Pero cuando ya había logrado salir a toda mecha de la casa tras él, a mitad de camino entre la misma y la báscula de carros que había a cincuenta metros, miré atrás y no vi aparecer a Benito. Así que me detuve.

Salieron de pronto los dos por la puerta casi derrapando, Benito delante y Nilde detrás. Como encarando la Calle Estafeta. Uno el mozo y la otra el morlaco. Sudando, bufando y levantando polvo como en los dibujos animados. No sé si era julio. Tampoco si era el siete.

Y es que la tía Nilde corría, vaya que si corría. A pesar de sus cortas piernas, conseguía una velocidad increíble para alguien de su edad y su estatura. Su mente había hecho un pacto con el diablo y cuando su mirada se tornaba en rojo y fuego, corría todavía más.

Así que fue un mal resbalón del pobre Benito y caer él y detrás arrollándole la irritadísima tía Nilde. Yo asistía atónito y paralizado a una distancia segura sin saber qué hacer, mientras escuchaba los gritos de mi hermano pequeño detrás, desde la báscula, invitándome a una huida segura cruzando el río.

Para cuando llegaron corriendo algunos vecinos a contener la furia desatada de la tía y socorrer al pobre chaval, éste ya había recibido un vareo a la altura de la cosecha de la aceituna. Los separaron y levantaron al maltrecho Benito con la camisa rota, las rodillas sangrando, barro hasta en las cejas y la espalda firmada con un "Sinceramente tuya, Nilde" a latigazos. Buen debut para el grumete.

Después, las miradas de todos los presentes en aquel jaleo padre se clavaron en la mía, se me hicieron todos los fantasmas uno y lo tuve claro. Corrí a salvarme con mi hermano, corrí a cruzar el río. Un pirata es valiente, pero no idiota.

Se montó una buena. Esa noche a nuestro regreso con una versión de los hechos inverosímil y los días siguientes con el repaso del tribunal de nuestros abuelos y la visita de la madre de nuestro corsario fallido. La historia fue sonada y ahí rompimos toda relación diplomática con cualquier habitante de La Isla en adelante. A Benito no le volvimos a ver el pelo.

"Que es mi barco mi tesoro, que es mi dios la libertad, mi ley, la fuerza y el viento, mi única patria, la mar".

Tres tristes trillizas

Las lías Zoë. Y pardas. No tenías nada que demostrar. Y lo que cuenta es el fin hermana, no regodearse en los medios.

Porque dos años de dedicación absoluta son muchos hasta para una venganza. Y lo teníamos tan bien preparado que tenía que haber sido un cien por cien Zo.

Fue hace sólo unos meses. ¿Recuerdas?. Volamos hasta aquí las tres y Mía consiguió ser invitada en poco tiempo a las fiestas más exclusivas de la ciudad, como era de esperar. De ahí a que le presentaran al rastrero menos de un mes. Y luego, como siempre, a Mía le viene todo rodado. Porque ya lo tenía comiendo de su mano, ¿eh?. Aunque el muy bastardo se cubría bien las espaldas. Nunca se quedaba sólo. Siempre con algún perro detrás.

Porque, a ver Zoë, tontas no somos. Estábamos preparadas para lo que algún día podría pasar con papá. Pero imaginábamos que si alguien lo hacía, sería alguien de su nivel, con sus códigos, que sé yo, con algo de clase. No el elefante de la cacharrería, que como propina se llevó también a mamá por delante en aquella grosera explosión. Luego McReady y su familia vinieron a casa a ayudarnos a volver a empezar. Qué solas nos quedamos las tres.

Todo el tiempo que llevamos aquí, lejos de casa. Sin vernos para evitar sospechas. Todas las noches al teléfono repasando cada movimiento.

Hasta el día D, cuando por fin Mía logró que el rastrero la llevase a su casa. La peque y él a solas. Pensé que lo peor ya estaba. Por eso cuando Mía se sentó en el asiento del copiloto del coche, sus ojos ya no vieron entrar a su dueño. Vieron entrar un cadáver. Sabía que con cada tecla que marcaba en el móvil, me estaba enviando implícita su sentencia de muerte.

Te llamé al momento y pensé que lo harías todo al pie de la letra. Bastaba con llegar, cumplir y luego si querías pegarte un lujo de los tuyos, pues te lo pegabas. Agarrabas al gordo cabrón y le aplicabas tu llave letal favorita. O le estampabas en el cráneo una llave inglesa. A tu elección lo de la llave. Que se desangrara ante los ojos de las tres y aquí paz y después gloria. Rápido, limpio, barato y a otra cosa mariposa. Pero siempre te reservas un "bis" . Que papá vivía de esto Zoë. Pero a ti esto, es que te pone.

Pues eso. Que pensé, tonta de mí, todo controlado. Y salí después del mensaje de Mía hacia la puerta del parque. El sitio ideal para que nadie nos viera. Llegasteis pronto. Primero el coche, que se dirigió hacia un aparcamiento de tierra contiguo. Al minuto tú. En una moto de cross. Con la discreción habitual. Metiendo ruido. Encarando a tumba abierta el pasillo que te llevaba hasta Mía y tu objetivo. Encuerada y protegida por coderas, hombreras, rodilleras y peto. Sin casco, como no. Con tu melenaza al viento. Y a toda hostia. En segundos estabas junto a la puerta del conductor del Porche picando la ventana con los nudillos entre un remolino de polvo. Abrió la puerta así, sin miedo. Una chica joven.

No le diste ni tiempo para rebuznar. ¡Zisss!. Y el cinturón de seguridad saltó violentamente al paso de tu cuchillo. Con semejante introducción me temía ya lo peor. Antes incluso de que lo sacaras del coche. Antes de que te lo llevaras del pelo a cuatro patas como a un perro. Antes de que le inmovilizaras por el cuello y le colocases otro peto que convenientemente habías preparado para él. Odio que retoquéis mis planes Zoë. Lo odio, joder.

Ni corta ni perezosa uniste con un gancho y una soga el peto a la moto y le diste la de los mariachis. Rodar y rodar. No me importó al principio ya que me permitía prepararme tranquila al volante del coche junto a Mía, que miraba boquiabierta tu hazaña. No sé si le diste veinte o treinta vueltas por todo el recinto. Frenaste en seco y el saco de mierda que arrastrabas se fue frenando violentamente hasta acabar por detenerse.

Coño Zoë, que lo tenías magullado, desangrado, roto y descargado. Que si lo llegamos a dejar en aquel sitio y nos pegábamos el piro, se hubiera muerto de pura autocompasión. Nos estábamos alargando. Me imagino la cara de gilipollas que se nos quedó. Ya me dirás. Porque cuando sacaste del carcaj que llevabas a la espalda el palo preferido de papá, miraste antes hacia el coche. Que me puse a enviarte acelerones de censura, a ver si subías de una puta vez y escapábamos caminito de la frontera.

Sacaste el palo. Tomaste del bolsillo una pelota y la marcaste con carmín. Pero las sirenas de la poli taparon el chasquido del beso.

Te grité; ¡Sube, sube de una vez o te juro que te paso por encima! Pero lo tenías meridiano. Te importó un bledo. Como si estuvieras en el green con papá. Con su característico temple. Pude quedarme lo justo para ver cómo ejecutabas tu depurado drive con su hierro tres favorito y le hacías al rastrero un agujerito nuevo. Porque la bola no salió ya de su enorme cabeza. Hueca. Hoyo en uno. Levantaste el palo al aire, gritaste y te trincaron. Ni Conan tía.

Y ya, claro, no sé qué más pasó. Tuve que largarme con Mía a toda pastilla para evitar que nos siguieran, como te imaginas.

Pero, y esto no lo sabes, tu hermana pequeña en plena huída sacó unas llaves del bolso y me hizo cambiar el rumbo una vez que habíamos despistado a los polis. Se las había robado al rastrero. Y sabía de una dirección. Y había allí una Piper Cherokee en un hangar medio apartado de todo. Con pista de despegue en la puerta incluida.

Una huida para unas malas. No pensó en que las malas seríamos nosotras.

Salimos del país con las llaves de esa belleza con alas y el anhelo de sacarte de donde estuvieras.

Otro medio año. Con la inestimable ayuda de McReady, claro. Ya sabes cómo ha sido siempre McReady, el único compañero de trabajo de papá al que pudimos conocer. Se lo expliqué todo. Se enfadó. Me escuchó. Creyó en mí. Y me dejó hacer. Me conoce desde que nací, que coño sister, se fía.

De manera que aquí me tienes Zoë, esperándote otra vez. En el avión del cadáver tras el linde de cipreses que me separa del penal. Esta vez no acepto fallos. Mía se ligó al vigilante. Y hoy el vigilante está de guardia. Sabe cómo hacerlo. Es sibilina. Entrar, dormirlos, coger las llaves, sacarte y salir. Pitando. Rápido, limpio y barato. El último gran plan. Espero.

- ¡Ya os veo! ¡Corred! Corred!

Engines on.

Podemos hacer todo el ruido que queramos. ¡Vamos!, que este nene quiere cielo para comer. McReady resolvió lo del espacio aéreo. Venga pequeñas, subid.

¡Zoë! al fin, ahí está, gateando por el ala de estribor, entrando por la puerta del copiloto. Mía viene detrás.

- Zoë, siéntate y calla, te voy a machacar cuando lleguemos a Inglaterra.

- Bea, eres la mejor, pero aprieta, no quiero volver a ese agujero. Aprieta que se ha liado.

¿Se ha liado? ¿En qué momento se lio? ¿A quién habrán matado estas dos ahora? ¿Les daría otra vez por improvisar? ¿Por qué tengo dos hermanas tan peligrosas?

No quiero ni pensarlo, estamos juntas de nuevo, eso es lo que importa. Tiro de la palanca. A ver quién es el guapo que nos para hoy. Rumbo a la Gran Bretaña. ¡La radio!.

- Hola McReady. Aquí Beatrix, ha salido bien. Estamos en camino.

-Todo arreglado. Salid de ahí y poneros a salvo. Ya te dije que no habría problemas con los pasaportes. Os esperamos. Pilota con cuidado Beatrix.

- ¡McReady! Aquí Zoë.

Zoë siempre quiere tener la última palabra.

- ¡Hola Zo!, ¡Qué ganas de que vuelvas y abrazaros!

- ¡Te quiero, os quiero! Una duda Mac, ¿de quién fue la flipante idea de la avioneta?

Apago la radio. ¡Harta!

- ¿Zo?

- ¿Sister?

Respiro hondo como me dijo la doctora.

- Es una Piper, idiota. Una Piper Cherokee.

No una avioneta.

Agua por favor

Mantengo a duras penas el equilibrio. Doscientos kilómetros trepando y cayendo a lo largo del perfil de una montaña rusa de angulosos picos. Mis piernas arrastran además el lastre de tres semanas de carrera.

Enumero en mi cabeza a modo de ritual todas y cada una de las partes de mi cuerpo. Recito de memoria también los órganos fundamentales de la bicicleta. Mis extremidades van enraizadas a los pedales y el manillar como un árbol viejo a la tierra. Me columpio al vaivén de cada vuelta de cadena con mi figura erguida. Cabeceando como un caballo de carreras cojo. En pie ante el mito de roca de los Alpes. Hoy es día grande, Galibier, Croix de Fer, Alpe D´Huez. Día de etapa reina. Estoy en la última cumbre. Con mis últimas fuerzas.

Sigo haciendo números. Llevaba casi minuto y medio de ventaja a mi máximo rival en la clasificación general al comienzo del día. La dureza del perfil nos dejó como era previsible a cada uno en la única compañía del otro. El pelotón nos sigue ya disperso como las cuentas esparcidas de un collar roto. El clásico duelo al atardecer nos el amarillo, que ahora llevo enfundado, en la última jornada importante. Pero hace tres curvas que demarró para dejarme claro lo en serio que va, condenándome a una soledad lastimera.

Subo entonces yo conmigo, a ritmo vivo, con el pánico que me produce su sombra en la tabla y la paulatina pérdida de su rastro en la calzada. Con tal cantidad de espectadores ya ni alcanzo a verle. Los coches del equipo no suben hasta aquí, así que no hay manera fiable de saber si me será suficiente con lo mío para conservar la ventaja.

Porque hay gente, y mucha, bordeando hace un rato y ocupando por completo ahora la carretera. Una cremallera de semejantes a pie que voy abriendo por cada metro que le gano al día. Un bullicio de concierto de rock que inunda las otras veces tranquilas alturas y me indica que tras la curva está el final. Una explosión animal que nos incita a exprimir hasta la última gota de locura que nos quede a los ciclistas.

No me duelen las carnes, me duele la goma en el asfalto. Noto cómo se pega como un chicle caliente. Sólo a golpe de riñones y fe he ido restando cada mensaje pintado en la carretera, descontando el breve espacio que me separa de la gloria de París.

El olor a flores de esta mañana en la línea de salida parece un sueño con lo de ahora. Mi nariz ya no percibe ni el sudor de puro hartazgo. Tengo las encías secas y los labios cortados por el viento producto de la mueca de sonrisa falsa que te ponen al subir aquí. Hace calor. Antes hizo frío. Algún aficionado intentando ayudar me rocía la nuca con agua helada. Es como cuando te tiras a la piscina de golpe después de una siesta al Sol. Un electroshock para mi cuerpo casi inerte.

Llego a la última herradura antes de meta. Alpe Dhuez es una traicionera subida en la que las curvas no están peraltadas y te tientan a sentarte en el sillín. Pero luego el desnivel te viene de golpe y a veces te quedas ahí, gripado. No caigo en la trampa. Nos conocemos de antes.

La recta final se descubre ante mí, súbitamente. Con toda la muchedumbre agolpada ahora contra las vallas a ambos lados. Parece que el repentino espacio ganado me da un poco de aire extra. El ruido no cesa sin embargo. La pendiente en contra tampoco. Me desfondo sin saber siquiera si el esfuerzo merecerá la pena. Entre una cortina de lágrimas y la molesta claridad que quema mis córneas puedo distinguir por fin las letras que más amo del francés. Arrivée. Tan cerca y tan lejos.

Pero lo logré, cruzo al fin la línea de la verdad.

No puedo más que vencer mi cuerpo contra el manillar y poner un pie a tierra. Noto el abrazo de alguien que me escuda en nuestro camino hasta el autobús del equipo. Una negra nube se va formando en mi retina y empiezo a no distinguir casi nada entre la oleada de reporteros armados que de nuevo se agolpan como una jauría a mi alrededor. Tampoco puedo oír más que el bombeo abrupto de la sangre desde el corazón retumbando en mi cabeza. Puede que tenga fiebre, el humo sale de mi cuerpo también como si todo yo fuera una hoguera recién apagada.

Sigo con las manos aferradas a mi montura. Estoy seguro agarrado a ella entre empujones, flases, gritos y palmadas. Vomito. Mi lengua repica el paladar como un muerto con narcolepsia la tapa de su ataúd, pero es imposible aún articular palabra. Dejo de ser el dueño de mi cuerpo. Pierdo el equilibrio, la visión. Todo lo que mi organismo procesa ahora de lo que viene de fuera es sólo dolor. Dolor que ha ido casi oculto entre mi agonía y que ahora se rebela exultante en su momento favorito del día.

Pago otra vez la penitencia que exige la opción a gloria. No es de sentido común. Mi razón me pregunta ahora si todo esto merece la pena. Espero que salgan las cuentas. Por ahora sólo quiero una cosa para seguir vivo y comprobarlo.

Agua, por favor.

Blues de San Mittre

El camino se alargó más de lo esperado para los dos emisarios enviados por GreenPea desde París ese verano. Un pinchazo en la carretera retrasó hasta la noche la llegada a Plassans de Zachary y Dupond, dos tipos que se hacían los sofisticados cada vez que partían a cerrar algún trato a las provincias. Pensaban que, de alguna manera, la callejuela capitalina de la que nunca salían les aportaba más amplitud de miras que a los habitantes del campo su despejado horizonte.

Se trataba de un formalismo rutinario en el que darían un último vistazo al terreno que GreenPea and Co. iba a adquirir para ampliar su conocida cadena de supermercados.

El terreno objeto de la compra era el ejido de San Mittre, un amplio recinto municipal de Plassans que había sido cementerio comunal en tiempos y ahora albergaba todo lo que una empresa maderera había dejado allí arrumbado tras su quiebra.

Zachary conducía pendiente de las señales de tráfico mientras Dupond fumaba y encadenaba una queja con otra, reprochándole al pinchazo que ya podrían estar de vuelta a casa.

- ¿Trajo linterna Zachary?

- Si, debe haber una en el salpicadero.

- La llevaremos también. Seguro que estará oscuro.

- Espero que no nos entretengamos Dupont. Mire la hora que es. No me gustaría tener problemas en casa.

- Zachary, lo primero es lo primero. Pero no tema, el contrato está casi firmado así que tomaremos nota de todo lo que queda allí y enviaremos mañana el informe positivo a la central.

El Citroën siguió su camino y llegó al ejido de San Mittre.

- Aquí debe de ser Dupond.

Estacionaron en el arcén y bajaron del coche, primero Dupond, con su traje de imponer respeto. Cerró su maletín, pisó el último cigarro y se atusó el pelo hacia un lado. Después Zachary esgrimiendo la linterna a su compañero como si le hubiera tocado en una tómbola.
Miraron sincronizadamente primero a la izquierda, luego a la derecha, como si fuera aquello Champs-Élysées en hora punta y cruzaron la desierta Niza-Plassans al amparo de la noche.

A medida que avanzaban se iba haciendo nítida la visión del ejido. Parecía estar limitado por dos paredes de piedra que hacían esquina a la izquierda y el fondo.

Estaba todo lleno de cachivaches. A su entrada una hoguera castañeteaba al viento sus maderos y servía de farol a un grupo de personas que alternaban a su alrededor.

- Ya me avisaron que habría gitanos Zachary. Déjeme a mi hablar, sé cómo tratar con esta gente.

Los gitanos aparecían en el ejido de cuando en cuando, quedándose a veces días, a veces meses. La familia que lo ocupaba ahora había dispuesto sus roulottes en torno a la hoguera, como en los tiempos en los que lo hacían en carromatos y podías encontrarte quiromantes rastreando el devenir de las manos y bolas de cristal en mesas camilla. El patriarca de la congregación levantó la cabeza de pronto y se quedó observando las dos figuras que avanzaban sobre el crujir de los guijarros hacia la lumbre.

- ¡Eh! ¡Compadre! Mira. Chicos finos de ciudad. El alto viene con miedo, el pequeño del bigote parece que avinagrao. ¿Qué buscarán dos pavos reales en este corral?

Dupond avanzaba con los hombros levantados entre pasos de claqué regateando algunos charcos mientras Zachary le seguía saltándoselos a trancos.

- Buenas noches señoras y caballeros, dijo Dupond al llegar al grupo, somos los representantes de GreenPea and Co.
Les informamos que deberán abandonar el lugar con todos sus enseres en tiempo y forma al comienzo de las obras. Vamos a inventariar la zona y nos iremos. Aquí les dejo esto para su información.

El patriarca recibió de Dupond un panfleto informativo y unas cuantas fotocopias llenas de letras pequeñas y la asimétrica pareja abandonó a la congregación con la linterna en ristre, guiándose entre las sombras que la luna proyectaba en montículos de largos maderos allí apilados.

Tiene gracia el achaparrado, observó el patriarca, y se deshizo de los papeles haciéndolos una bola y arrojándolos con desprecio al fuego.

Los parisinos peinaron cada metro, a duras penas, pues se encontraban con escoria apilada, callejones entre maderos sin salida y largas vigas que en ocasiones tenían que trepar para avanzar. A medida que se internaban todo empezaba a estar más cubierto de polvo, más ajado por el tiempo, más abandonado. Fue entonces cuando Zachary reclamó la atención de su compañero. Entre dos altas columnas de largos maderos, se asomaba un pasillo de césped singular.

- Mire Dupond. Mire qué suelo tan coqueto. Parece como si lo hubieran segado de no ser por todas las florecillas que lo salpican.

Y era cierto, porque un tapete verde se erizaba uniforme al resplandor de la segunda luna llena de ese verano. Se adentraron ambos en el laberinto que conformaban los troncos maravillándose de tan delicada frondosidad, hasta llegar a un pequeño claro en el que se asentaban las torres de madera contra el muro de piedra del fondo. Los urbanitas se regocijaron en una especie de paz íntima allí, respiraron hondo como queriéndose llenar de lo mágico del lugar y apagaron la linterna. No era necesaria entre la pálida claridad que colmaba la estancia de azul.

Pero en esto, ¡ay!, que Zachary dio un respingo y señaló con la cara que se pone el pánico los domingos a su menudo compañero.

- ¿Qué ocurre Zachary? ¿Por qué señala?

Y le señalaba porque tras la cabeza repeinada de Dupond, a su derecha y de entre las sombras se apareció un hombre mal afeitado, de tez tan descolorida que hasta parecía dejar ver lo que había detrás, anudado por un hilo raído que en tiempos fuera corbata. El espectro soltó una sorda carcajada. Al momento, la suave brisa de la noche se hizo más fuerte y comenzó a silbar una melodía entre los caprichosos huecos que las vigas de madera habían moldeado. Sonaba como la tuba en el blues de un difunto. Dupond se miró el hombro y el rostro de la aparición explotó en una bola de humo. De tal impresión perdió el equilibrio, tropezando con la raíz de un árbol que asomaba como única imperfección del jardín. Desde el suelo la imagen se le presentó más estremecedora aún. Una sucesión de espectros con mortajas antiguas acechándole y girando a modo de danza a su alrededor. Algunos salían de los resquicios el muro, como desenroscándose de la hiedra que lo cubría, otros de entre las pilas de leños. Reparó también en uno ahorcado de una viga alta que le retaba con una mueca de manera burlona. Zachary corría, corría un como pollo sin cabeza mientras algunos fantasmas de niños se colaban entre sus zancos, regalándole sonrisas de pocos dientes, haciéndole guiños de ojos tuertos. Buscó una huída a través de uno de los afluentes del laberinto y desapareció en la oscuridad persiguiendo a lo loco alguna salida.

Dupond, en el suelo como una cucaracha de espaldas, movía sus brazos acariciando frenéticamente el maletín contra su pecho. Hincó las rodillas en el césped sin soltarlo y ayudándose de la cabeza y los codos consiguió recuperar la vertical. Gritó todo lo que pudo pidiendo ayuda, pero el sonido de tuba de antes chirriaba ahora descontrolado como el Helter Skelter de los Beatles. Avanzó entonces a paso decidido entre los espectros, aterrado, buscando las tablas. Llegó a una de las paredes de maderos del claro y la apuntaló reposando su espalda con el maletín a modo de escudo. Fue arrastrándose hacia la salida del claro, dando pequeños brincos por cada sobresalto que recibía y reclamando a gritos a su compañero. Los fantasmas continuaron amenazantes. Eran tantos, que lo macabro se estaba transformando en algo casi natural para Dupond en cuestión de segundos.

De súbito, pudo ver una figura familiar asomarse desde el callejón por el que había huido equivocadamente su socio hacía un par de minutos. Una luz le deslumbró.

- ¡Zachary!, gritó, no me apunte a la cara imbécil. Venga aquí, salgamos. ¡YA! ¡No se lo repito!

La linterna cayó al suelo y por fin pudo verle, con cara de haberse roto algo, el traje nuevo destrozado y cortes por toda la cara y manos. Como que hubiera estado batiéndose contra un jabalí acorralado en igualdad de condiciones.

- Zachary ¿Está usted bien? ¿Qué le ha ocurrido alma de dios? ¿Qué le explico yo ahora a su mujer?

- Nnn... no entre ahí Dupond, apenas se ve. Hay una sierra muy rudimentaria en medio, como camuflada y me he caído. Está,..., está todo ferruginoso. No entre Dupond, podría usted tropezarse y cortarse.

Dupond vio tan dañado de los nervios a su compañero, que echó mano de sus últimos arrestos y se fue hacia él como poseído. Y agarrándole de una manga corrieron a gritos buscando la salida, esta vez correcta, del lugar de todas las historias que contaron desde ese día.
Dupond, cuando vacunaban a uno del tétanos? Interrogó entre jadeos un aprensivo Zachary. Pero su socio no oía más que cornetas de retirada en sus adentros y volaba, a pesar de lo inestable del firme, de tener que saltar, esquivar y agacharse ante toda serie de escollos, en línea recta hacia la Niza-Plassans. Pasaron como dos cometas a pocos metros de los gitanos que reían ahora a quijada abierta. Mirad cómo corre el achaparrado ahora. Mirad cómo se esconden las perdices, dijo el patriarca a su prole rebosante de satisfacción.

El Citroën aparcado en el arcén se despidió de todos relinchando de un acelerón. Salió de allí con las ruedas en polvorosa y los restos vivos de Zachary y Dupond mientras los gitanos bullían en chanzas. Reían y brindaban por su estirpe. Por aquella zíngara de ojos negros y el pañuelo en la cabeza que hace mucho, mucho tiempo, salió de su carreta e hizo un trato con los muertos. Cosas de gitanos, cosas de los antiguos. Nadie puede saltarse eso.

Ni siquiera GreenPea and Co.

Ícaro in chains

No hubo habitante de Verona que no asistiera a algún comentario sobre el concierto del siglo. Un panadero añoraba aquella vez que les vio hace veinte años en Turín, cuando eran casi unos niños. El tatuador no daba abasto perfilando emblemas en brazos, piernas y torsos. Los hijos que heredaron la música de sus padres hacían largas colas bolígrafo en ristre a la puerta del pomposo hotel Gabbia D´oro.

Ian Bellman, vocalista y letrista del grupo, tenía sitio reservado ya en el Olimpo de los dioses del rock. Había sobrevivido a todas las pruebas que se suponían a tan elevado honor y sus ojos de zafiro disfrutaban ahora de las silenciosas vistas de tejados rojos desde su suite. Recostado en una butaca y con los pies asomados por el ventanal, anotaba en su cuaderno el espacio que había entre la empedrada y tranquila Verona y los pasadizos de hormigón del orfanato en el que se crio.

Sonó de repente un redoble en la estancia y Ian se incorporó, avanzando descalzo hasta la puerta. Al abrirla se encontró a un viejo amigo, el rubio batería del grupo. Repicaba con los nudillos el marco de la puerta como le habían enseñado en España que se hacía en los mostradores de las tabernas.

- ¿Nos vamos?

- Si, en cinco minutos estrella fugaz. Dru siempre le llamaba así, desde que le conociera siendo un niño.

- Bajo ahora mismo. ¿Has visto el escenario de hoy? ¿Cómo no habíamos tocado aquí antes? Siempre soñé con hacerlo en un sitio así. Ni siquiera pensé que existiera.

Dru se fue redoblando las paredes del pasillo, Ian se apresuró. Dio un salto del pórtico a la cama. Pegó unos siete brincos desenredando su melena negra al vaivén mientras se enfundaba una camiseta de los Who y aclaraba a capella su voz. Se sentó de golpe después del último bote y se calzó un par de zapatillas de muchos trotes. Enganchó con los dedos sus rizos detrás de las orejas y suspiró con gusto. Se incorporó estirándose, mirando otra vez por la ventana. Le encantaba la forma en la que se veía todo veinte años después, sin la niebla de la euforia desmedida, sin la tentación por lo prohibido.
Todo perfecto.
Repasó el cuello con los dedos hasta enredarse en la cadenita que llevaba. La que le recordaba cómo de agudo dolía el amor. La que le devolvía a ese oscuro rincón de parte de su realidad.
Todo sombrío.

Subió en cuanto estuvo listo a la parte de arriba del autobús panorámico que llevaría a los miembros del grupo, parapetado tras unas gafas de Sol que se intuían entre la cortina de pelo que casi se cerraba en su cara. El enorme parabrisas transparentaba desde fuera el agradable trayecto entre calles de baldosas, vías adoquinadas y edificios antiguos. Ian iba sentado de la misma forma que en la suite de su hotel, con las piernas sobre el salpicadero. La primera vez que había estado en Europa fue gracias a su antiguo manager y amigo. Eso también le oprimía el corazón. Buena parte de su patrimonio había acabado en sus bolsillos, antes de que éste se diera a la fuga. Podía llegar a perdonarle, pensaba, pero no le había vuelto a ver desde entonces. A ella tampoco.

Se asomó el Verona Arena ante todos como una postal gigante. Pasaron por debajo de uno de los arcos del hemiciclo romano y bajaron del bus para contemplar camerinos como nunca antes habían visto. Tocaban las piedras de las paredes, miraban hacia arriba a los altos techos, asombrados. Oían cómo el público rugía en las gradas como si esperasen a gladiadores esa noche.
Ian pidió una botella de vino tinto y repasó el set-list mientras se la bebía a morro y sentía el frío mármol de la estancia en sus, otra vez, descalzos pies.

Tras poco tiempo llegó la hora del show. Todos y cada uno fueron besando a Ian en la mejilla y salieron a escena. Les esperaban, vaya que si les esperaban. Gritaba el público bajo las estrellas del firmamento, aclamaba ruidoso a sus estrellas en tierra. El desgañite colectivo hacía previsible una acústica genial. Ian disfrutó de la noche sorbo a sorbo de otra botella. Cantó de verdad, como se esperaba de él. A medida que se sumía en el vino y se balanceaba al compás, lloraba gota a gota mucha de su fe perdida.
Todo el concierto Ian había estado perturbado por los reflejos de una Les Paul apoyada en un ampli a su derecha. En el último tema fue hacia la guitarra. La cogió entre las manos y se vio reflejado en el frontal de espejo. Le devolvió un chico muy viejo, con arrugas en los ojos. Sonaba el grupo en su cénit. La levantó con rabia y descubrió entonces que los focos, al reflejarse en la guitarra, iluminaban el aforo como si ésta fuera una linterna gigante. Escudriñó con ella en alto todo el anfiteatro, observando cada cara que se encontraba en el camino. De izquierda a derecha, de arriba abajo, fue descubriendo cada rostro anónimo, fue preguntándose qué hacía toda esa gente realmente allí.

Cuando entraron al camerino tras dos horas de concierto para elaborar la lista de bises que cerraría la noche, Ian tomó la palabra. Escogió cinco composiciones que hacían un evidente recorrido por su vida. Incluida una que nunca tocaban desde que ella se fue. Dru intentó disuadirle, pensaba que no era todavía el momento para volver a interpretarla. Pero Ian no aceptaba sugerencias e impuso su criterio. Salieron otra vez a acabar la noche. Volvió la audiencia a aclamarles, no se había ido ni un alma.

Ian desgarró el silencio de nuevo con su regalo de voz. Miró por un momento hacia atrás y observó cómo sus amigos disfrutaban haciendo de cada uno un armónico todo. Y recordó que así como interpretaban de manera impecable las notas con sus instrumentos, habían representado también a la perfección la partitura de cada una de sus vidas. Eran básicamente felices. Y él, que nunca había tenido más familia que ellos, era dichoso también en parte. Pero la otra porción, la que le recordaba a su aislamiento, le hacía parecer que sería el solitario más escoltado de la Tierra.

Miró al frente y fijó su vista en las gradas. El auditorio coreaba al unísono el último tema del bis. Entonces corrió a toda prisa por el escenario hasta una grúa de televisión a la que encaramó su escueta silueta. El operario le sugirió bajarse pero Ian le ordenó que la moviera. Y fue agarrado a ella con las piernas colgando, mientras la grúa rotaba como un compás sobre las cabezas de los primeros de la fila hasta los andamios que cubrían un lateral del muro de caliza que formaba parte del escenario. Se enganchó a ellos de un salto y comenzó una frenética escalada hacia lo alto.

Ya le habían visto actuar así otras veces, arrojándose a los brazos del público en teatros y estadios, desde alturas más o menos razonables. Pero Ian trepaba ahora descalzo por los andamios hasta alcanzar una altura que les pareció crítica. Se paró en el tope. Se encaramó a la azotea de madera que reposaba sobre los tubos de hierro. Miró hacia abajo, de cuclillas. Divisó miles de flashes pequeñitos en la concurrencia. También el arco iris del escenario al ritmo de la última canción del bis. Se fue levantando lentamente. Notó una corriente de aire que le hizo respirar hondo. Sintió vértigo. Volvió a repasar todas las mentiras de los últimos años. Su cerebro hizo la ecuación de la verdad y quiso despejar la incógnita de los que desde abajo le observaban. Enganchó sus rizos tras las orejas. Bajó sus dedos por el cuello y acarició la cadenita que ella le había regalado. Miró hacia abajo. Era el punto álgido del tema. Los dedos de sus pies se engancharon al borde del precipicio. Como las garras de un halcón. Flexionó en tal apoteosis las rodillas y en el impulso se mezcló el arrepentimiento con las ganas de saber si abajo habría alguien para él, aparte de para sus versos.

Y cayó Ian desde las alturas con los brazos abiertos y las piernas en v. Tragando una corriente de aire que discurría violenta por su boca abierta y que secaba los agujeros de su nariz. Una caída en la que no escuchaba a su grupo pero en la que el viento le contaba muchas otras cosas.

De repente, oyó un ruido que era como todos los ruidos que Ian había oído en su vida, tocados a la vez. Sus ojos se abrieron bruscamente al violento amortigüe de miles de manos. En lo más profundo, pudo sentir que tocaba fondo. Desde el escenario, sus amigos miraban hacia el agujero en el que Ian se había zambullido totalmente desconcertados, todavía acompasados. Y vieron emerger de nuevo su cuerpo de las aguas. Habían acudido apiñándose cientos de fans a la arriesgada caída. Ian, asustado y eufórico, herido y empapado, fue transportado entre una espuma de dedos. De un lado a otro del escenario, escuchando las últimas notas de su canción a la deriva. La corriente lo llevaba de vuelta a la isla de luz, sonriendo como un niño entre jadeos. Recibió arañazos, jalones del pelo, mordiscos. Dolor de vida. Sólo conservaba sus vaqueros cuando llegó a la orilla. Los miembros de seguridad se apresuraron a traerlo hasta las vallas de la primera fila. Un puñado de chalecos amarillos que le cercaron alarmados por su integridad. Ian, tirado en el suelo los apartó. Se puso a duras penas en pie y subió de nuevo al escenario. Avanzó cojeando con brío hasta el pie del micro al que se agarró como un náufrago Mesías. Miró hacia atrás y le hizo un guiño a Dru. El grupo rezumaba alivio. Enganchó su pelo tras las orejas, miró al público, tocó su cuello y disfrutó del ahora liso tacto de su piel. Sin cadenas. Sabía que nació y que algún día moriría pero, todo lo del medio, era definitivamente suyo.

Y ahí estaría Ian para tomarlo.

El albatros, la medusa y el dragón

Los operarios han aliviado con cuidado toda la carga del Albatros y he repartido los beneficios con mi tripulación, así que saldré a la taberna a beber algo y enterarme de paso qué se cuece por el continente. Tras dos meses en el mar necesito ver caras nuevas, aunque sean las que Puerto Brumoso suele regalar con desaire a los forasteros.

Estamos listos, Elyseus vendrá conmigo. Ha escondido su cabello color turquesa en un casco de cuero. Cojo algo de oro, lo justo, no es bueno ser ostentoso en un nido de urracas como éste. Al salir vemos cómo llega un buque al muelle contiguo de nuestra vieja nave. Curiosos, esperamos para observar lo que pueda traer de algún recóndito lugar del Imperio.

No nos defrauda. Una enorme jaula transporta en cubierta un dragón rojo. Hacía mucho que no veía dragones. Pensé de hecho que ya no quedaban, imaginaba que era otra especie de las que habíamos aniquilado en aras de una supuesta prosperidad. El cuitado está drogado y le han encadenado el hocico. Acabará probablemente en casa de algún excéntrico y acaudalado hombre hasta que crezca demasiado para mantenerlo y lo sacrifiquen para exhibir su esqueleto.

El tiempo apremia, reclamo a Ely para ir a la cantina, en pocas horas amanece y tendremos que zarpar a casa. Yo vine en una como esas Capitán, me dice, y no sé qué hubiera sido de mí y los otros de no ser por usted.
Caminamos por el embarcadero recordando el día que lo compré, uno de los últimos Myanrudan que quedaban después del sistemático exterminio de su raza. El Imperio los consideró una amenaza seria. Pero todo el mundo sabe que son inofensivos, si no se les provoca.

Subimos las escalinatas que zigzaguean hacia la estructura que reposa sobre los acantilados de piedra. Cubre toda la bahía de Puerto Brumoso a modo de gran estantería de madera. Son tres niveles en los que se compartimentan almacenes, tiendas, un banco y el lugar más concurrido de todos. Está en el tercer piso, como queriéndose hacer esperar, pero ya casi estamos, dos escalones y, ¡voilá!

La Guarida del Rorcual.

La puerta abierta, nunca la cierran. De ella y de entre las juntas de los tablones sale humo hacia fuera de manera sutil en forma de hilos danzarines. El sonido de mil lenguas distintas y vidrio repicando nos recibe. Huele a cerveza y teca vieja. Marineros de todos los confines, de todas las formas y tamaños, se mezclan. Allí al fondo Ely, parece que hay sitio. Lo de siempre para mí. Me siento en el único hueco libre y veo al fin mujeres, ninguna humana. Si te cogen de la mano estás perdido, por eso prefiero ocuparla ahora con una jarra de cerveza negra. Toco con la otra la empuñadura de mi daga, esto es Puerto Brumoso. Si te confías, estás perdido.

En la mesa de enfrente un grupo de hombres rudos juegan a los naipes. El de la mandíbula de granito me mira, lo hace desde que entramos. Se levanta, oscila hacia mí mientras se sube a dos manos los pantalones. Acude presto, valiente por el vino, a la búsqueda de algún problema.

¡Eh, tú!, me espeta. Eres la madamme de ese esquife que huele a flores del muelle cinco? La misma que viste y calza, le sigo el juego, a él y al silencio cómplice que de repente invade el salón de los jaleos. Ely llega a la mesa con dos jarras hasta arriba de espuma en sus manazas. Le saca tres cabezas, me mira como preguntándome si le mata allí mismo. No sería muy inteligente, los Myanrudan necesitan de alguien que piense por ellos en ocasiones. Le guiño un ahora no, amigo.

Bonita carga para una dama, continúa el maloliente lienzo de cicatrices. Todos le ríen.

Puede, pero no encontrarás en el mundo carga que valga más pesando menos. Las yemas índigas sirven para muchos remedios, pero hay pocos hombres que asuman sus vidas como prenda para conseguirlas. Valen oro, mucho. Y yo soy un comerciante, eso es lo único que cuenta.

Jamás contaminaría mi barco con algo parecido, me balbucea, ebrio. Transporto una carga de hombres, no creo que pudiera aguantar el olor, acostumbrada a tan delicioso perfume. Se mofan otra vez a coro.

Decido que no es el momento ni el lugar. Me pongo en pie. Disfruten de la noche marineros. Le hago un gesto con la cabeza a Ely, hora de irse. Me voy abriendo entre la chusma a mi paso. En la puerta me cruzo con Frank, un estibador del puerto que conozco desde hace años. ¿Quién es el bravucón?, le pregunto. El patrón de la Medusa Negra. Vale, me cuadra, es el deficiente de Mallku. El tratante de esclavos. Por fin nos cruzamos en tierra. Cara a cara.

Bajamos las escaleras de vuelta al barco y hablo con Ely. Despierta a la tripulación. Dí que lo tengan todo listo para partir esta noche. Y avisa a Samay, le espero en la escala del embarcadero.

Mientras aguardo me acerco a ver al dragón. Me mira indefenso, resignado en el suelo. Sigue mis pasos con un ojo. Qué belleza de escamas rojas. Es sólo un niño. Un apestado. Como los míos. Todos rescatados del exterminio, de la exclusión por decreto real. Samay. Recuerdo cuando lo encontramos herido después de la última razia que acabara con los suyos. Uno a uno he logrado hacerme con una tripulación, que de ser conocida, sería el temor de todos los océanos. Por eso llegamos donde nadie llega. Traemos especias, minerales, incluso flores, de los sitios más recónditos y hostiles. Y vivimos bien, muy bien en nuestra isla. Es un orgullo estar con ellos. Un orgullo más que rentable.

Samay, chico, ya estás aquí. Escúchame porque no tendremos mucho tiempo. Le doy claras órdenes. Samay habla la lengua de los dragones. Está todo listo Señor. Cada hombre en su puesto. Me avisa la voz grave de Ely, que se me presenta a total disposición. Bien querido amigo, demuéstrame ahora cómo de bueno sigues siendo abriendo cerraduras. Le encargo su parte del plan y subo al barco para hacerme con el timón, vamos vacíos de carga, nos vendrá bien para lo que viene. Desde la altura que de popa puedo verlo todo. Samay se acerca sigilosamente a la jaula. Avisa a Ely.

Allá va, ganzúas en ristre. Abierta, ahora llega lo más arriesgado. Espero que el pequeño no sea travieso y nos achicharre a todos.

Ely se acerca y lo libera de la cadena del hocico. Samay vuelve corriendo. Ely se tira al agua y va nadando hacia la Medusa Negra. Esa hija de puta del mar. El dragón sale desplegándose imponente de su prisión. Mueve el cuello y escruta todo a su alrededor. Vamos amigo, cumple con tu parte. Bate sus alas del tamaño de mis velas. Con el ruido que harían al pairo de un vendaval, se eleva. Gira a su izquierda en el muelle y un temblor de humo sale por lo dos agujeros de su morro. Vuela raso hasta encontrarse con los hombres de Mallku que guardan su preciada carga. ¡Cielos! Una ráfaga de fuego rompe el silencio de la noche. Ilumina su recorrido y el caos empieza a hacerse notar. Gritos, hombres al agua como una tanda de flechas incendiarias. El dragón en una primera atacada prende fuego a todo el muelle de madera. Al llegar al acantilado de roca, gira otra vez. Entre el desconcierto me percato de lo que viene por popa. Son Ely y los esclavos nadando hacia el Albatros como un grupo de delfines. Ordeno a mis hombres lanzar las escaleras y van subiendo, uno a uno, proscritos. El barco los recibe todavía oliendo a flores como regalo de bienvenida. Parecen más de un centenar. Una valiosa carga sin duda. El dragón sigue sembrando llamas como si cayeran de un brasero gigante. El puerto entero está alborotado. De la Guarida del Rorcual salen cientos de antorchas. Hola Mallku, espero que disfrutes del espectáculo, mon amour.

El pequeño se lo ha tomado en serio. Todos los esbirros de Mallku corren en llamas, muy tarde para salvar la vida. La Medusa Negra se abrasa también. ¡Todo listo señor! Gracias Ely, siempre eficiente. ¡Soltad amarras! Maniobro bordando en círculo la bahía. Mi nueva y vasta tripulación mira desde cubierta. Hombrecitos pequeños, otros enormes, mujeres de tres pechos, criaturas racionales que sólo he visto en libros. Todos supuestamente peligrosos para la paz del Imperio. A pesar de las marcas del sufrimiento saben sonreír aún. Enfilo la salida de la bahía. Las antorchas que antes divisaba uniformes en el tercer piso de madera de puerto sombrío se mueven ahora a lo loco como una plaga de libélulas al son que marca cada embestida de fuego depurador. Ha incendiado todo lo incendiable. Mañana Puerto Brumoso será una ruina de cenizas sobre los acantilados. Lo siento por Frank. Le dije que sólo a los hombres que guardaban el buque capitán Erik, no le ordené nada del resto.

Te creo Samay. Pero no es decisión nuestra. Además, no derrames una lágrima por este agujero. Preocupémonos de dar agua y alimentos a esos pobres. Viento en popa, volvemos a casa. Miro hacia atrás. La bahía es ahora un faro inmenso de llamas. El pequeño gira y en dos batidas de alas alcanza la altura del Albatros. Dibuja una línea oblicua en el cielo. Despierta a las estrellas con un rugido estremecedor y cambia de rumbo perdiéndose para siempre en la negrura. Samay le observa con sus ojos negros sin iris. ¿Qué ha dicho?, le pregunto.

Gracias capitán. Solamente ha dicho gracias.

Hay una trampa en el Sol

Polvo, tanto que es casi imposible ver nada. A medida que alejo la mirada diviso una gran mancha marrón que cubre el atardecer de Arizona. La sigo a vista de pájaro y la nube antes dispersa va cerrándose y definiendo un triángulo de corpúsculos. En su origen hay un grupo de unos veinte hombres a caballo que galopan hacia el ocaso del Sol.

El sonido de las pezuñas contra el suelo es una ensalada de truenos. Van sin herrar, domesticados pero conservando su carácter salvaje. Desde el suelo, hacia arriba, aprecio el acompasado desorden de sus patas, alternando sus extremidades totalmente extendidas en el aire y encogidas en el suelo. Vomitando humo como fumarolas locas.

Puras sangres a toda velocidad. Una mezcla musculosa de caballos negros, pardos, blancos, moteados. Todos sin montura. Puedo observar también la cuidada individualidad de cada uno de ellos, con adornos, pinturas de colores, abalorios al viento.

Agarrados a su crin van arrogantes los amos. Descalzos, pintados para la guerra, callados. Son Apaches Navajos. La sincronía de cada uno en su montura hace que parezcan uno, hombre y bestia.

En el vértice va uno a la cabeza. Por su físico escultural, los dibujos de su pecho descubierto, los flecos de un pantalón de paño marrón y algunas arrugas en su piel quemada por el Sol, deduzco que es el líder. También por su rostro tranquilo. Termina en una melena negra y lisa coronada con una cinta verde y tres plumas pinchadas en el cogote. Me acerco a sus ojos. Uno de ellos tiene una forma particular. La pupila vierte un reguero de negrura hacia abajo y hasta el final del iris rompiendo su esférica proporción. Como un espermatozoide tiznado.

Todavía va grabado en él el motivo de su ira en blanco, negro y marrón, los tres tonos de sus ojos. Como en una película muda, observo en la esférica pantalla a una pequeña apache. Llega casi muerta en los brazos de gente de la tribu. Ha sido maltratada, humillada y probablemente violada. Balbucea la descripción de dos vaqueros borrachos que la raptaron cinco días atrás. Días que parecen haber sido muy largos para la pequeña. No derrama una lágrima, a pesar del dolor y de haber corrido en su huída durante casi una jornada por el desierto hasta dar con los suyos. Su odio hace que recuerde cada detalle, cada tono, cada palabra de la pareja de infames. En la tienda del chamán, la niña transmite de manera concisa todos los detalles a nuestro navajo de la cabeza del clan.

Alejo otra vez la mirada y vuelvo a ver el grupo al galope. Sobre sus cabezas retrocedo hasta la cola. Otro apache, muy joven, probablemente el hermano de la niña, mira hacia atrás. Sigo el giro de su cabeza y me fijo también en unos ojos inyectados en rojo. En ambos se ve reflejada entre la polvareda una gran pira de fuego. Dos en este caso, una por retina. Parece que todo el pueblo de rostros pálidos arde ahora sin control detrás de ellos.

Vuelvo a alejar la vista para ver mejor al bloque de indios revolucionados. Portan antorchas, arcos incendiarios, hachas ensangrentadas, lanzas coloridas y algunas, pocas, armas de fuego. Las caras jóvenes y rudas reflejan una pizca de satisfacción de entre la rabia. Es fácil deducir la furia que han desatado hace unos minutos sobre la villa. Dejo que se pierdan en el horizonte. El Sol encaja ahora perfecto en la colina de Window Rock, una formación de roca sedimentaria marrón que tiene un enorme agujero en el medio como si una bala gigante de cañón la hubiera atravesado. Unos pocos segundos de rotunda y matemática perfección que visten al astro con una toga de tierra hasta el suelo.

El polvo desaparece y se aprecia el tosco camino, bordeado por cactus, matorrales bajos y grandes lagunas de desierto. Las estaciones pasan por él a toda prisa y de manera extrema, al estilo de Arizona. Rápidamente la senda se va domando, haciéndose cada vez más recta. Entre los intervalos de lluvias torrenciales y Sol abrasador se va pintando de brea hasta acabar en una alfombra lisa y negra dividida en dos por líneas amarillas discontinuas en una infinita recta hacia el horizonte. El escenario que rodea a la nueva autopista ha permanecido igual a pesar del tiempo transcurrido. Sólo una señal verde de letras blancas insinúa civilización. **TUCSON, straight ahead**.

Vuelve la pausa. El silencio de la vía es roto por un armadillo que la cruza al atardecer del verano. La atraviesa despacio y gira su cabeza atraído por un soniquete que se va haciendo más y más fuerte a cada segundo. Un Chevrolet Impala descapotable se acerca veloz. Amarillo, desaliñado. Ruge el motor, pero dentro no se oye más que la música que sale del radiocasete. Una mano arrugada y morena gira la rueda del volumen al máximo. Suena Very Ape en la emisora.

El retrovisor refleja al conductor cantando. La guitarra eléctrica se mezcla con sus gritos a modo de karaoke móvil. Lleva una gorra de los Phoenix Coyotes y unas Ray Ban de espejo. Una perfecta y limpia trenza negra asoma por uno de sus hombros, atada por un lacito verde al final. Dirige la mano derecha desde la rueda de la radio al asiento vacío del copiloto. Coge una botella de Maker´s Mark que reposa en él. Le pega un trago a morro. El Whisky le cae a borbotones por la comisura de la boca, recorre el cuello, pasa por un torso desnudo, moreno y fondón hasta desembocar en sus vaqueros.

El Sol hace hoyo en la colina de Window Rock. Lo justo para deslumbrar al piloto, que encara la única curva de toda la calzada. Totalmente alcoholizado pasa de largo hacia un despeñadero. El descapotable vuela ahora acantilado abajo. Suena el final de la canción.

"Out of the ground
into the sky
out of the sky
into the dirt"

El coche humea al borde del río Santa Cruz. Su dueño yace en el suelo boca arriba, descalzo. Muerto. Tiene las gafas rotas. Miro a través de las trizas de uno de sus espejos. Hay una pupila caprichosa que zigzaguea hacia abajo como una oscura lágrima. No se oye nada. Sólo al fondo, las sirenas de la ambulancia con las que se justifica el hombre blanco, satisfecho de su tardío pero efectivo ajuste de cuentas.

Zoë Wins

El Staples Centre está hasta los topes para el último y más esperado combate de WWE de la noche. Bebidas y cajas de palomitas vuelven a rebosar. En el centro del ring, el presentador de la gala toma la palabra.

- "¡Señoras y señores! Bienvenidos al último combate de la velada de la Federación Mundial de Wrestling. A continuación se decidirá el título femenino individual de divas del presente año"

El recinto grita, agudo. Es hora de que los niños estén en la cama, pero miles muestran pancartas de ánimo a sus guerreras. Sus padres hicieron cola para comprar las entradas poniéndoles a ellos como excusa en casa. La belleza de las contendientes de la categoría de divas, no podían haber escogido mejor el nombre, es legendaria entre los varones americanos. El speaker continúa.

- "De un lado, y defendiendo el cinturón mundial de la WWE, procedente de El Paso, Texas, la súper luchadora de clase mundial Zooooooëëë..."

- "Maaaarsssstoooon", termina la grada al unísono.

Las luces se apagan y los focos apuntan a una puerta del estadio. De ella sale Zoë Marston, ex judoka y oro olímpico con el equipo de los Estados Unidos, ex campeona mundial de Ultimate Fighting y actual campeona del título de la WWE de lucha libre. Avanza con la cabeza alta mientras suena AC/DC. Marca el paso firme con los pies enrollados por vendas. Lleva su melena negra recogida con cuidadosas trenzas que dibujan líneas longitudinales de la frente al cogote. Es guapa. Dos luceros negros alumbran la seriedad de un rostro de rastro griego. Continúa su paso hacia el ring al son de la música, asintiendo con la cabeza a los gritos de ánimo. Levanta al aire sus puños cubiertos por guantes de kick boxing rojos con la marca del fabricante en grandes letras blancas. Sus músculos marchan enfundados en shorts naranjas y un top morado de lycra con el también visible logo del patrocinador de turno.

Decidieron que fuera la campeona del WWE porque no habría en el planeta reclamo mejor que Zoë Marston.

El locutor desde el cuadrilátero vuelve con la arenga.

- "Del otro, la aspirante al cinturón de la asociación, de la ciudad que hoy nos acoge, la diosa de Los Ángeles, California, Keeeellyyyy..."

- "Haaaanseeeeen".

Retumba el aforo enloquecido, padres y niños. La rubia platino, licenciada en dos carreras y conocedora de cinco idiomas, irrumpe su modelado cuerpo en escena. Discurre entre acordes de violines y flautas, despacito. Regodeándose presumida y haciendo ondear los rizos en los que acaba su larga melena dorada al aire. Su cara regala una enorme y fina sonrisa de ojos turquesa. Camina sobre unas botas de tela

negra sin suela hasta las rodillas y con dos minúsculos destellos dorados en forma de pantalón y corpiño con incrustaciones de espejos.
Sabe cómo acabará todo, así que se dirige ufana, envuelta en su falsa timidez de Disneylandia, hacia el escenario.

Y sabe cómo acabará todo porque el dueño de la franquicia, Nicolas Hansen, tío de Kelly, ha decidido que puede incrementar su cuenta de resultados jubilando a la vieja gloria de El Paso y subiendo a la cima a su prometedora sobrina.
Como Nicolas es, además, un hombre agradecido, ya abonó la parte correspondiente al orgullo de Zoë en la cuenta bancaria de su representante. Así que, aún a regañadientes, Zoë tendrá que aceptar que su momento ha llegado. La WWE coronará a su nueva reina. Kelly Hansen.

Con las dos contendientes en el cuadrilátero, el animador termina con la ceremonia.

- "¡Que comience el combate! ¡Señoritas! ¡Luchen!"

Se observan cada una desde su esquina. Avanzan a la defensiva. Desarrollan el guión de piruetas, llaves y mañas previsto. Huele a perfume caro. Qué distinto, piensa Zoë, de cuando ganara el oro olímpico como judoka, cuando olía de verdad a mujer. Pero después de las olimpiadas volvió a los gimnasios vacíos y exiguos ingresos. Y tuvo que cambiar a otra cosa más productiva.
Cuando sujeta a Kelly por la espalda, aprecia la purpurina que cubre a esta casi por completo. Qué distinto de la sangre, continúa evocando Zoë, con la que se empapó luego en busca de un futuro mejor en la Lucha Definitiva. Un formato violento en el que, básicamente, todo valía. Y usando todas sus virtudes había conseguido ser también una estrella allí. Hasta que una inoportuna lesión en el hombro la retiró. Y por un capricho del destino acabó aquí. Rodeada por una masa de imberbes.

La coreografía toca a su fin. Kelly se lanza contra Zoë, pero cambia el brazo del que debe tirarle para simular la dislocación de su hombro. Elige el de su vieja lesión. Enrollada en el suelo sobre ella, tira incluso más de lo que ambas habían ensayado por la mañana. Zoë gira la cabeza. Le duele. Mira desde abajo a Kelly y le larga:

- "¿Qué haces, pija? "

Kelly le tira del brazo de nuevo hasta acercarse a medio palmo de su cara:

- "El tiempo está de mi parte, ya eres mía, Zoë Marston".

La tejana se libera entonces de un respingo, poniéndose rápidamente de pie. Visiblemente enojada, Zoë barre con un De Ashi Harai la pierna de apoyo de Kelly, que da con su espalda en el suelo. El público rompe a aplaudir, no acostumbra a tal dosis de realismo. Zoë habla para sí:

- "Esto para que vuelvas a improvisar. Zorra".

A Kelly le cambia el semblante. De dulce a amargo en segundos. Olvidándose del plan pactado, se levanta impulsándose con sus piernas. En el aire las adelanta y cae brusca, a horcajadas, sobre el pecho de Zoë. La grada se desgañita. Entonces comienza a propinarle bofetadas en la cara mientras le advierte:

- "No se te ocurra volver a tocarme. Zoë Marston".

Vuelven a desenredarse y se levantan agitadas. Zoë pone la cara de cuando los golpes herían. El aforo entero enloquece. Se lanza con rabia hacia Kelly. Engancha su cabecita de princesa entre su axila. La rodea con el brazo, como cuando le das el pésame a alguien en un velatorio. Salta de forma inverosímil hacia arriba, elevando con ella también a su liviana rival. Las dos se suspenden, estiradas por completo y boca abajo, a poco más de un metro del suelo. En décimas de segundo Zoë gira la cadera. Su cuerpo da una vuelta completa en el aire. Rota alrededor de la cabeza de Kelly, que sigue boca abajo, atrapada. Un precipicio se abre súbitamente ante la angelina. Zoë se deja caer a plomo. Las dos golpean el suelo bruscamente, Zoë de espaldas, Kelly de bruces.

Toda California aclama a la diosa de El Paso. La campeona olímpica, el as de la Lucha Definitiva. Mientras, los equipos médicos corren al auxilio de una Kelly Hansen que yace herida haciendo diana en un creciente charco rojo.

Su tío Nicolás mira atónito desde el palco el inesperado devenir de los acontecimientos. Pero como buen hombre de negocios, aprecia también lo rentable que sería tener a Zoë Marston, una año más, como dueña del cinturón de la WWE. ¿Y Kelly?

Bueno, Kelly es una chica muy guapa que tiene dos carreras.

Y sabe idiomas.

Había una vez...

Una pequeña estancia aparece iluminada por una luz tenue en el techo. Parece un saloncito pequeño, como el de un velero, decorado con motivos marineros. Ordenado y limpio. En los ventanucos se escucha el repique de la lluvia contra los cristales. Es de noche. Sentados en la mesa que hay bajo la lámpara del techo están Gedeón, de rasgos marcados y piel morena. Una melena de canas acaba en una coleta corta. Lleva el torso desnudo cubierto por rizos blancos que crecen en un delgado y atlético cuerpo.
En frente está Andrés. Es un chico joven. Tiene el pelo negro y cuidadosamente cortado. Lleva la camisa remangada y mira a través de sus gafas de metal hacia su mano derecha, que está abierta cubriendo un folleto en el medio de la mesa.

ANDRÉS: Toma papá, échale un vistazo.

GEDEÓN: (Estirando el brazo hasta el medio de la mesa y cogiendo el folleto). No lo entiendo Andrés, el disgusto que le vas a dar a tu madre.
(Cierra los ojos para leer mejor).

ANDRÉS: Sé que ahora no lo entiendes, pero te haré cambiar de opinión. Créeme papá cuando te digo que me siento preparado. Quiero escribir yo mismo la aventura de mi vida, deseo conocer a otra gente, quiero cambiar mi rutina.

GEDEDÓN: (Le mira a los ojos, con una ceja levantada) ¿Conocer gente dices? ¿A caso no conoces suficiente aquí? ¿Rutina dices? Es tu trabajo Andrés. Es lo que hacía tu abuelo, es lo que hago yo y es lo que hasta ahora hacías tú con gusto. Y de manera sublime, déjame decirte.

ANDRÉS: (Se le acerca, agarrándose a la mesa con las manos e incorporándose, serio) Estudiar papá, te olvidas de lo más importante, quiero estudiar economía. Léete el folleto, no me va a salir gratis como supondrás. Puedo trabajar mientras tanto, pero necesito un adelanto para la matrícula y los primeros gastos.

GEDEÓN: (Levantándose también. Se le acerca a dos palmos apoyado sobre la mesa. La golpea con una toalla que tenía en la mano derecha) ¡JA!, ¡Acabáramos! ¡Dinero! Eso es lo único que te importa. ¿No te vale con lo que te pago? Tú no necesitas una carrera, heredaste unas cualidades que ya quisieran muchos de esos estirados con carrera. ¿Y de qué trabajarás? ¿De friegaplatos? Arrastrando el apellido de tu familia por un estúpido sueño.

ANDRÉS: (Tras una pausa, respira hondo y marca fuerte las palabras) No es negociable papá. Me iré por las buenas o por las malas. Tú decides.

GEDEÓN: (Gritando, rojo. Algunos pelos de la coleta se le sueltan) Si señor Andrés. ¡Vete! Vete a que te aplaudan tus nuevos compañeros. Vete con ellos, olvídanos. Si tu abuelo te viera se sentiría muy decepcionado con tu actitud.

ANDRÉS: (Se sienta de golpe en la silla, como rendido) Venga papá, hazte ahora la víctima, lo que me faltaba. Al abuelo, por favor, te pido que no le metas en esto. Él era un hombre valiente, seguro que aplaudiría mi decisión.

GEDEÓN: ¿Valiente? Valiente has sido tú a mi lado pequeño. ¿Quieres aventura? Vámonos a cruzar juntos el cañón de Enshi los dos, te lo he propuesto un millón de veces.

ANDRÉS: (Agarrando a su padre de los dos brazos) Papá, estoy orgulloso, pase lo que pase, de pertenecer a esta familia. Puede que vuelva con el rabo entre las piernas y me quede aquí para siempre, pero no puedo dejar pasar esta oportunidad. Ya no encuentro motivación. No quiero ser un eterno arrepentido. Debes entenderlo.

GEDEÓN: (Se sienta, resignado y se pone la toalla sobre uno de los hombros). Veo que lo tienes demasiado claro. (Se calla unos segundos mientras ojea el folleto, quieto) No seré un obstáculo. Vete si quieres. Te ayudaré. Y pensar que mamá ya había pensado en que Melinda sería una buena chica para ti. Vete y no hagas ruido. Yo se lo explicaré.

ANDRÉS: (Se levanta y abraza a Gedeón, que sigue sentado con la mirada perdida). Gracias papá. No os arrepentiréis. Acabaréis por estar orgullosos de mí. (Se va de la estancia)

La luz comienza a subir de intensidad mientras Andrés la abandona. Se aprecia entonces que están dentro de una sección horizontal de una autocaravana. En el dormitorio contiguo duerme una mujer rubia. Se gira oyendo la puerta y se levanta. Va hacia el salón donde sigue Gedeón.

TERESA: (Poniéndose la bata y despeinada) Papi ¿Quién era a estas horas? ¿Qué haces sentado ahí?

GEDEÓN: Era tu hijo pequeño. Nos deja. Se va a la universidad a estudiar economía. En busca de aventura dice. Hazme un favor cariño, pinta un cartel de esos bonitos que tú haces. Que ponga con letras llamativas:

"Se busca equilibrista para el circo. Razón aquí".

Panteras nebulosa

Llevo con el culo pegado a la silla casi dos horas. Nunca había ido a una ópera, nunca me había aburrido tanto. Hoy es también el cumpleaños de mi nieto mayor, así que espero que no se alargue. La gorda que está junto a mí no ha parado de excavar la estrechez de su butaca durante toda la sesión. Cada vez que busca asentar las carnes en uno de sus enormes cachetes toda la fila tiembla. Debería haber reservado un palco entero para ella sola. Pero prefiere varar en las primeras filas para que la vean bien. Suben las luces y se cierra el telón, por fin, no veo la hora de tomar un trago.

La señora me brama al oído mientras aplaude eufórica, en parte por su sensación de libertad al ponerse de pie:

- "¡Qué emoción!, ¿no le parece? ¡Qué prodigio de voz, qué sensibilidad! El hijo del Coronel eclipsando la gloria de su padre. ¿Quién lo diría?"

Me frena de decirle algo bonito la cara del Senador desde un asiento más allá. Me sonríe nervioso, enviándome señales de alto al fuego. Me callo. Aún a mi edad sigo obedeciendo a mis superiores. Debería domesticar a su mujer, pienso.

Voy con el rebaño hacia el comedor. Hay camareras con bandejas zumbando como avispas por todas partes. ¿Será otra de esas cenas modernas donde se come de pie?

Para mi disgusto es una de esas cenas. Los canapés vuelan y no voy a pelear por una pieza de caza menor. Me comería ahora mismo una vaca. Beberé pues.

Ni un mísero whisky. Pierdo la cuenta de los mejunjes para mujeres que llevo. Cada uno que pruebo empeora al anterior. Por lo menos me empiezo a emborrachar. Entra el Coronel con su mujer e hijas por la puerta. Aplauden y se acercan a felicitarles. Iré después, cuando amaine. Pediré mientras tanto otro cóctel. Sin tiempo casi a terminarlo entra el hijo del Coronel tras su debut como tenor. Flashes. Una chica le lleva un ramo de flores. Sus hermanas y su madre corren a abrazarlo y besarlo. El aplauso es largo. El Coronel Sand sigue de pie, en su sitio. No le gusta ser el centro de atención. Cielos. La elefanta con tacones de antes viene en eses hacia mí derramando, beoda, su copa por el suelo. Me vuelve a importunar.

- "¿No le parece que es estupendo Capitán? Pero, ¿Y el Coronel? No ir a felicitar a su hijo... Podría por una vez haberse tragado su orgullo. Ha sido de mal gusto, déjeme decirle."

El Senador no está cerca.

- "Podría habérselo tragado si quedara algo que tragar. Pero cuando ha llegado, señora, ya se lo había tragado usted todo". La dejo digiriendo mi agravio y voy hacia el Coronel. "Coronel Sand".

Gira la cabeza y al reconocerme me abraza, fuerte, como abraza siempre el Coronel.

- “Longroad amigo, sabría que vendrías. ¿Has visto como canta mi pequeño?”

Le sonrío. Cómo ha cambiado el azote del Mar de China. Cómo ha pasado el tiempo por el héroe de Tuy Hòa.

- “Si, Señor. Ha sido sublime. Nunca me había emocionado tanto” Hace tiempo no se hubiera tragado mi respuesta pero el Coronel ya anda lento de reflejos. “Tengo que irme, es el cumpleaños de mi nieto mayor. Ya llego tarde”.

- “Claro amigo, ve con tu familia. Dales recuerdos a tus hijos. Diles que todavía tengo la casita del árbol en mi jardín. Que traigan a los suyos un día a verla. Te debo una Tom.”

- “Yo le debo la vida Coronel. Y aún no he conseguido devolvérsela, dejemos las deudas para otra ocasión”.

Me despido de mi viejo compañero. Me pongo el abrigo y salgo pitando hacia el coche. Nieva. Pongo en la radio una emisora con canciones antiguas. Aparco cerca de la casa de mi hija. En el camino me cruzo con un hombre bajo la luz de un pequeño puesto ambulante. Me enamoro de un Yo-Yo de colores realmente hermoso que brilla, reluciente. Se lo llevaré a mi nieto. “¿Me lo podría envolver, por favor?. Es para un regalo”.

Subo las escaleras de la casa. Llamo a la puerta. Sale mi hija.

“Ya era hora papá. Está todo el mundo aquí. Pablo está abriendo sus regalos”.

Me quito el abrigo. Meto el Yo-yo en el bolsillo de mi uniforme de gala. Entro en el salón. Está también lleno de gente. Saludo. “Felicidades Pablo”, le digo. Él y su hermano pequeño vienen corriendo hacia mí, me agacho para abrazarles. Acarician las medallas de mi chaqueta, les encantan. Me incorporo y dejo que siga la celebración mientras me pongo, al fin, un whisky. Meto la mano en el bolsillo y toco el Yo-yo, pero sus tíos se me adelantan y le dan a Pablo una caja enorme con un lazo rojo. La abre emocionado. Su primera escopeta de caza. Aplausos. Me quedo parado en mi sitio. Saco la mano del bolsillo. Sin Yo-yo. Aprieto los dientes. Miro hacia un lado. Mi nieto pequeño me observa detenidamente mientras todos atienden a su hermano. Todavía no sabe decir nada, pero en su mirada siempre he visto el brillo de la pantera nebulosa, el nombre con el que rebautizaron al Coronel Sand en Vietnam. Ese instinto felino que te hace descubrir a los de tu especie a pesar del camuflaje. Esa cara de nada que se nos pone a algunos cuando la emoción nos embarga. La misma cara que puso el Coronel cuando le torturaban antes de que nos rescatasen del infierno de Tuy Hòa. La que no dijo ni una palabra a pesar del hierro caliente de marcar reses. La que tenía esta noche al entrar su hijo en el comedor de la ópera. La misma que se me quedó a mi al ver un arma en los brazos de mi nieto Pablo. Como nadie nos mira, le doy el yo-yo a su hermano pequeño. Sonríe. Abre el regalo con cuidado. Sonríe aún más. Le devuelvo el gesto. Le digo al oído:

- "Es para ti, cachorro. Guárdalo. No le vayas a revelar nuestro disfraz a nadie el día que te pongas a hablar. Recuerda que las panteras estamos, desgraciadamente, en vías de extinción.

Y protegernos es lo único que nos queda."

Lío en Río

Veamos, usted se encontraba en la sala de tratamiento, en la planta baja del hospital Río de la Plata ayer a las once de la mañana. ¿Es correcto?

Sí.

Su nombre es Mario Jelavic, tiene 35 años y posee nacionalidad española.

Sí comisario, desde el noventa y cinco.

De acuerdo. No vamos a tardar mucho tiempo. Pronto le dejaremos descansar. Pero he oído muchas versiones y demasiadas mentiras esta mañana así que, por favor, explíqueme qué coño pasó ayer. Y haga que me lo crea.

¿Desde el principio?

Desde el principio.

Está bien. Le diré que yo estaba bajo los efectos de la premedicación. Es buena. Te la inyectan y la felicidad se apodera de uno, un regalo psicotrópico antes del Napalm.

Habla muy bien español.

Tengo facilidad para los idiomas.

No hace falta que lo jure. Siga, no quería interrumpirle.

Ayer era uno de esos días tranquilos. Aunque todos los sillones para el tratamiento y las sillas de los acompañantes estaban ocupados, las enfermeras trabajaban sin mucho agobio. Casi todos éramos “clientela” habitual. Había coincidido antes con la mayoría y sabía qué les metían, cómo hacían para sobrellevarlo y cuál era su dolor. Es importante compartir el dolor, sobre todo en una guerra tan incierta. La enfermedad nos iguala a todos, pobres, ricos, lerdos, listos... Uno acaba por empatizar con aquel que sabe lo mismo que tú. Usted lo entenderá.

Continúe.

Acababan de traerme el tratamiento. Imagínese, una bolsa transparente de un litro hinchada como un pez globo. La mezcla de mi droga a la carta con líquido cristalino que estiraba el plástico, pareciendo que fuera a reventar.

La enfermera la colgó en el palo del gotero de mi izquierda. Me la atornilló al dispositivo que acababa en la aguja, molesta huésped de mi vena. Abrió el sistema y el medicamento comenzó, gota a gota, a herirme y curarme casi a partes iguales. No sabe usted lo putas que se pasan después.

Lo imagino, y créame que lo siento. Es usted muy joven señor Jelavic.

- Entonces debería llamarme Mario, a secas.

- Claro. Mario, siga por favor.

- El caso es que empezamos a oír voces desde la sala. A lo lejos. Se fueron haciendo evidentes por segundos. La puerta se abrió de golpe y entraron los dos. Fue muy violento. Iban tapados con una braga hasta la nariz, como cuatreros de far-west. Una cosa me dejó alucinado. Y es que no dejaban de cagarse en Dios. Hasta el punto que todo lo demás resultaba casi incomprensible, se lo juro. Nunca oí bocas más desafinadas. Aún así, acabamos por entender que lo único que querían era dinero. Fíjese comisario, en un lugar en el que cada uno carga con su queja tratando de no molestar al de al lado. Allí entraron los dos pollos armando escándalo y buscando dinero.

- Las cosas están muy mal últimamente.

- ¡Menuda excusa¡ Las cosas siempre han estado peor para nosotros. Me ha costado tanto seguir aquí que no iba a permitir que dos idiotas me jodieran todo el camino recorrido, eso sí se lo aseguro. Llevaban pistolas. Ya lo sabe. Pero a mí me daban más miedo ellos que las balas. Parecían tan nerviosos que no hubiera sido raro que se hubieran acabado matando entre ellos.

  De pronto el más bajito agarró a una de las enfermeras retorciéndole el brazo. "¿A dónde va esa puerta?" le preguntó con una voz grave de orco que todavía no sé dónde la pudo sacar. "Ahí están las camas de los pacientes más graves, no les moleste. Por favor". Le retorció aún más hasta arrodillarla de espaldas a él, "¿Y hay familiares con ellos?". "Hay, sí. ¡Ay¡". La tiró al suelo de un empujón y fue hacia la puerta sin contemplaciones. Antes de abrirla miró hacia atrás. "Tú vete limpiando esto, rápido".

  Entró en la habitación y su socio empezó, sillón por sillón, a exigir carteras y bolsos de mano que iba metiendo en una mochila. Comenzó de izquierda a derecha. Yo le miraba sentado en palco VIP, al fondo de la sala, unido desde la raíz que pinchaba mi brazo izquierdo a la bolsa que colgaba en el gotero. Esperaba mi turno. Recordé que llevaba las llaves en el bolsillo. Estaba tapado con una manta, recostado y con los pies en alto, así que metí la mano disimuladamente en el pantalón. Toqué con los dedos la pequeña navaja suiza de mi llavero. Abrí el filo hasta notar el "click".

- ¿Suele llevar una navaja siempre encima, Mario?

- Sí comisario, pero es diminuta. Mataría a un hombre de aburrimiento antes que a puñaladas. Sabía que no tenía nada que hacer contra aquel tío. Pero tenía una idea. Y le juro que en cualquier otra ocasión no hubiera hecho lo que hice, pero era tal la rabia, que no pude contenerme. Así que llegó a mi sillón. Se me plantó delante. Tenía una súper-ceja que le poblaba la frente casi por completo y los pelos de la cabeza gordos como troncos. No tuvo huevos ni de mirarme a la calva. Le pidió la cartera a mi madre. Le busqué con la mirada pero no me la devolvió. Acaricié el pequeño filo en mi bolsillo. Apreté el mango con el puño. Saqué el brazo en semicírculo hasta la bolsa de quimioterapia llena, como si ejecutara un drive de tenis. Apuñalé el plástico que encerraba el líquido. Había leído mil veces la pegatina.

"Peligro - Citotóxico. Evitar cualquier contacto con la piel". Ya le dije comisario, NAPALM.

¿Y entonces?

Y entonces me aparté a un lado. Llegué a arrancarme la vía. El líquido buscó su salida natural y la bolsa escupió todo el veneno a la cara del tío. Se derrumbó gritando. Agarrándosela con las dos manos. Ardiendo en la tierra antes de arder en el infierno.

"Hala, blasfema ahora cabrón", le dije. Luego empezó aquel olor a beicon.

No se ponga tan poético ¿Y el arma?

Claro, el arma se le cayó. Pero no presté atención. No imagina usted el grito que dimos todos. Fue como si hubiera vuelto a marcar Iniesta en Johannesburgo. Entre pacientes y enfermeras le ataron las manos mientras seguía retorciéndose en el suelo. Claro que el jaleo alertó al de la habitación de al lado. Y nada más entrar, recibió el disparo de los buenos días.

Entre una ceja y la otra.

Los detalles más concretos no los sé.

Ni tampoco quién disparó, o me equivoco.

No se equivoca comisario. Tampoco.

Explíqueme algo Mario. Por qué algunos de ustedes llevan guantes durante el tratamiento.

Los guantes son por el hielo. Nos ponen hielo en los dedos de las manos para evitar que con la medicación se nos caigan las uñas. El frío cura pero también duele, ¿sabe?

Sé. Pero no me dijo antes nada de eso.

Si se refiere a que no han encontrado huellas en el arma, muchos teníamos hielo ayer, pudo ser cualquiera.

Así que nadie lo vio. Ninguna enfermera, ningún paciente, tampoco usted.

Es mala suerte, yo creo.

De acuerdo. Tendrá que declarar por lo del otro hombre, no murió. Tampoco vio nada, claro. De hecho dudo que pueda volver a hacerlo en su vida. Tenía múltiples contusiones, debieron golpearle a gusto. Le desgraciaron bien.

Gracias comisario. ¿Puedo irme ya?

- Sí, claro. Váyase y descanse, hemos terminado. Pero antes, déjeme preguntarle algo. Su padre murió en Belgrado, en los noventa, ¿verdad?

- Verdad.

- Era un oficial Serbio, casi un héroe por lo que me han contado. Seguramente aprendió cosas de él.

- Comisario.

- Dígame.

- Dijo que habíamos acabado. Piense que somos los débiles. Y recuerde que quien a hierro mata, a hierro muere. No se me ocurre ninguna definición mejor de la palabra justicia.

- Sabe usted mucho español.

- Es que se me dan bien los idiomas.

La herida de Perth

Mi nombre es Neil Bojanic. Tenía por aquel entonces veinte recién cumplidos y encaraba mi tercer curso de Física en la Universidad de Perth, Australia. Era uno de esos veranos en los que toda mi vida era el surf.

Volvía a casa en mi hoy ya algo maltrecha VW Camper amarilla y blanca regalo de mis padres. La solía tener llena de cachivaches por medio, pero recuerdo haber estado toda la semana ordenándola por si Rita se venía a ver el amanecer conmigo. Pero a Rita le quedaban todavía muchos amaneceres en muy diversos medios de locomoción por aquel entonces, y no iba a elegir nunca el mío.

La conduzco ahora en una ruta que cose América en transectos, de Sur a Norte. Tan lejos de casa. En estos años hemos recorrido Arizona, Nuevo Méjico y Colorado. Según el plan establecido nos quedan Utah, Wyoming e Idaho, por este orden.

Pero volvamos a hace seis años.

Recuerdo que era una noche de calor. Iba vestido con sandalias, pantalón corto y camisa hawaiana. La etiqueta clásica para las fiestas australianas. Caminaba de esa guisa, más que borracho hacia mi Volkswagen, con cara de pocos amigos después del desengaño amoroso. Hasta que abrí la puerta lateral.

Ahí estaba Minke, aquel cachorrito de bóxer que venía de regalo extra dentro, con ese ladeo de cabeza de orejas gachas que enternece a cualquiera aún a día de hoy. Idea de mi madre, su aportación sensible a mis réditos académicos. Así que decidí llevármelo a él a saludar al nuevo día antes de ir a casa a dormir la mona. Subimos por el camino alternativo al acantilado. Desde allí se divisa el mar hasta el punto en el que se une con el horizonte. Aparqué al final del camino y salimos fuera. Nos venía bien estirar las piernas a los dos. El cuarto creciente iluminaba el paseo en la oscuridad. Disfrutaba la vista, escuchaba la música del tren de olas, respiraba las gotas de sal en suspensión. Era una vista habitual para mí, pero alcoholizado siempre ganaba algún matiz extra.

De repente, reparé en una especie de perturbación que rompía la uniformidad de la noche. Me aparté el pelo de la cara y apreté los ojos sobre el otro extremo del acantilado, pero no lograba averiguar qué era eso que hacía que la línea continua entre tierra y cielo se quebrara como si la hubieran cortado, de arriba abajo, con un cuchillo.

Avancé unos metros intentando cerciorarme de que mis sentidos no me estuvieran jugando una mala pasada. Pero a lo lejos, en la negrura, seguía habiendo algo que parecía un parche en el horizonte. Algo que ya de forma contundente se erigía sobre el acantilado. Miré buscando al cachorro. Andaba correteando, cerca. Llamé su atención y fue siguiéndome entre la hierba. Seguí caminando. Miraba alternativamente al suelo y al espejismo para ir percatándome de los cambios al avanzar. Se me fue haciendo forma. Una elipse gigante. Muy alta aunque estrecha. Había algo en su interior. Comencé a distinguir formas angulosas y un destello blanco. Entonces, me paré. Lo que ante mi comenzaba a presentarse imponía algo más que respeto.

En segundos la cicatriz en el paisaje, de unos cinco metros de alto, se nos presentó como un espejo gigante. De hecho recuerdo que miré, confundido, hacia atrás. Pero la imagen que reflejaba no era para nada la de mis espaldas.

Estaba a punto de volver pitando a casa, presa del miedo, cuando Minke comenzó a ladrar y a correr en dirección al punto álgido.

Le llamé, sin éxito. Corrí tras él. Al otro lado comenzaba a divisar algo que parecían... montañas. Cada vez más claro, montañas, nieve, abetos. Una imagen chocante en medio del verano de Perth.

Me detuve. Vi a Minke cruzar hacia el otro lado. Llegué a darme la vuelta tocando retirada. Pero la imagen del pequeño en mis remordimientos sería un peso demasiado duro de sobrellevar toda mi vida. Así que volví tras él.

A escasos metros me percaté de que se abría ante mí el paso hacia otro lugar de éste o de otro mundo. Detrás, el más crudo de los inviernos. Me moví alrededor de aquel gigante encuentro y descubrí que era visible sólo desde delante. Por los lados y detrás todo permanecía inalterable en la bahía. Encaré entonces el portal de frente y crucé. Sin más, sabía que si me lo pensaba no lo haría.

Al entrar sentí frío. Mucho. Más del que he sentido nunca, todo a la vez. En un instante estaba cubierto de escarcha. Había una molesta ventisca y al fondo veía una cadena montañosa. Me dolían los pulmones al respirar. Oí de nuevo al cachorro. Me guié entre la cortina de viento y nieve por el sonido. "Vámonos pequeño", creo que fue lo único que dije al otro lado. Pero Minke estaba enfrascado en algo que había en el suelo y que lo ponía totalmente fuera de sí. Me acerqué y lo cogí en brazos. Me costó contenerlo, estaba muy agitado. Miré hacia el suelo. Había una piedra tallada de manera exquisita con la imagen esculpida de dos ruedas dentadas. Desprendía algún tipo de luz. De repente fue bajando de intensidad a medida que los engranajes de piedra empezaban a girar el uno contra el otro. La piedra cobraba vida de manera silenciosa y eficaz. Es como una de esas cosas que siempre hubiese querido creer, hecha movimiento.

Pero, nueva sorpresa. El portal, desde donde veía la maravillosa costa de Perth, iba menguando poco a poco. Como si la piedra hubiera activado algún mágico mecanismo. Así que me apresuré, tiritando, al borde de la hipotermia y sujetando a mi pequeña y encolerizada bestia para salir de allí. Fui llegando dolorido, casi anestesiado por el frío. El portal seguía disminuyendo y estrechándose. Mi versión más cuatrera quiso dejar su firma antes del paso postrero hacia casa y arranqué una ramita de abeto como recuerdo. Volvimos entonces a Perth, de un salto. Un golpe cálido de brisa marina fue calmando todo mi cuerpo. No dejé de sujetar a Minke. Seguía ladrando hacia la puerta a mis espaldas. Caí de rodillas. Miré hacia atrás. El paisaje australiano había engullido al invierno por completo y recuperaba la normalidad. El cachorro se calló. Rendido, me dejé caer tumbado boca abajo buscando el calor de la tierra. Con la ramita de abeto en mi mano izquierda. No sé el tiempo que pude estar así, pero puede que fueran los minutos más placenteros de toda mi vida.

Volvimos a casa y me metí sin hacer ruido en la cama. Cuando desperté, la ramita de abeto en la mesilla de noche me recordaba que no había sido un sueño. Era una preciosa rama azul. Mis padres tuvieron, a duras penas, fe en lo que les conté. Las noches siguientes solía levantarme sobresaltado por la pesadilla de quedarme atrapado en la mitad del portal mientras se cerraba. Las semanas siguientes me devolvieron la rama que había dejado en el departamento de botánica de la facultad. Pícea azul, *Picea pungens*. Abeto de las Montañas Rocosas. América del Norte.

Siempre he sido muy ordenado y, aunque no lo supiera, poco a poco iba trazándome el plan que nos ha traído hasta aquí. Seis largos años después, cinco sin volver a Perth. Tres estados escudriñados, otros tres aún por explorar.

Gracias a mis contactos en la universidad me embarqué en un estudio de dicha especie de abeto para vivir en América mientras duraba la investigación. Ni que decir tiene que no le conté a nadie más lo de aquel día.

Me vine en barco con una rama azul, una Volkswagen amarilla y blanca, un bóxer que encontraría lo que buscábamos a poco que me acercase y un recuerdo del perfil de una mujer tumbada. A lo largo de estos años me he dado cuenta de que casi todos los lugares que hemos rastreado parecían una mujer tumbada, así que espero encontrar lo que busco antes de que mi amigo sea demasiado viejo para caminar.

Toda mi vida ha ido girando en torno a aquella noche en el acantilado. Pasé de surfero a montañero. De físico a botánico. De adolescente a hombre. Un hombre buscando algo más importante que todo lo que han escrito los hombres hasta ahora. A veces me ha superado tal responsabilidad, a veces he estado a punto del abandono. Pero el fin y el camino recorrido son tan grandes, que ya no podemos echarnos atrás.

Dejo esta carta en el salpicadero por si no tuviera ocasión de explicarme.

Si algo nos pasara rebusquen en mis papeles, registren mis archivos.

Pero, se lo ruego, sigan ustedes buscando.

Conjugando el miedo

Capítulo primero. Miedo a mañana.

Frank Pelletier colgaba del techo como una longaniza, con un ojo cerrado por la hinchazón y el otro haciendo lo imposible por distinguir de entre los pinchazos de dolor algún detalle del lugar de su cautiverio.

Las cuerdas crujían del peso, exprimiendo sudor por cada uno de sus poros. Su espalda se pegaba como un cromo contra el cuero del saco de boxeo al que estaba atado.

A medida que sus pupilas se agrandaban buscando formas, percibió que estaba un gimnasio. Unas escaleras subían hacia la única entrada a la estancia desde la parte de arriba de la mansión. Todo el suelo estaba cubierto de una colchoneta blanca. Buscó con la cabeza el ángulo muerto de visión a su izquierda. Debajo de un gran dragón tallado en madera se disponían decenas de medallas y trofeos reunidos a su alrededor. Frank habló para sí:

"Negro gañán, qué bien te ha ido la vida".

De repente escuchó el ruido de una puerta. Miró hacia la escalera y observó la sombra gigante de alguien en la pared. Frank tragó saliva. La puerta se cerró y dejó de ver nada. Suspiró mirando hacia arriba. Tras unos segundos una voz le hizo balancearse del respingo.

"Hola señor. ¿Por qué le han colgado de ahí?"

Entre las idas y venidas de su cuerpo al pendular se percató de la presencia de una niña mirándole desde el suelo.
Su pelo liso negro, su kimono blanco cerrado por una tela de seda azul de motivos florales y su mirada limpia de ojos rasgados contrastaba con el pequeño individuo ensangrentado, abultado, barbudo y de ojeras renegridas que la miraba a través de una húmeda cortina de pelo desde apenas un metro de altura.

"Qué susto me has dado niña. ¿Estás sola?"

"Si".

"Escúchame, ayúdame y mantendremos el secreto. Bájame. Prometo no volver a molestaros nunca más. Soy un antiguo amigo de papá, le diré lo bien que te has portado".

"Creo que no puedo ayudarle señor, tendremos que esperar a que él llegue".

"Yuriko, ¿verdad?, te llamas Yuriko".

- “Sí señor. ¿Sabe lo que quiere decir?”

- “Pues no. ¿Qué significa?”

- “Niña de los lirios”.

- “Vaya, qué bonito. Eres una chinita preciosa, como mamá”.

- “Soy japonesa”.

- “Bueno, y qué importa eso. Eres una niña muy buena. Me duele todo, si sólo me soltaras para beber un poco de agua.”

- “Ya le he dicho que no puedo. ¿Por qué quería hacernos daño si es amigo de papá?”

- “No quería haceros daño. Era un juego. Vamos Yuriko, suéltame pequeña”.

- “¿No entiende el inglés señor? A papá no le gustan los juegos”.

Yuriko giró su cuerpecito y enfiló el camino hacia la escalera, la tela de seda azul se ataba con un enorme lazo en su espalda, como un regalo de cumpleaños. Frank se agitó. Al subir el primer escalón, Yuriko lo escuchó gritar.

- “Sácame de aquí de una vez estúpida cría o te juro que tú y toda tu familia me las vais a pagar”.

Yuriko se paró y le miró.

- “Señor, no tenga miedo. El miedo se acaba algún día. Espere. Y si se queda más a gusto grite, grite lo alto que quiera, aquí abajo nadie le va a oír. Sayonara”.

Y entre los gritos de Frank subió Yuriko las escaleras. Abrió la puerta y la cerró al marchar.

Sería la última vez que la vería en su vida.

A ella y a la luz del día.

Frank, se meó encima. Otra vez.

Capítulo segundo. Miedo, ahora.

La esquina de Vasilij Litovchenco, era una piña de gritos atropellados, hielo y grapas en su ceja percutida. El público comentaba el arranque más intenso de un combate que ninguno pudiera recordar.

El entrenador intentaba despertar a su discípulo de una pesadilla. Hundió un bastoncillo en una especie de ungüento asomándoselo a la nariz y este reaccionó con una mueca de asco que le hizo centrar su atención en lo que le decían.

"Vasilij, campeón, te está destrozando con la izquierda. Záfate, busca alargarlo si no quieres batir un récord de mierda. Si dejas que pasen los rounds irá a menos, y ahí tendrás tu oportunidad. Vasilij, el título, nunca estarás tan cerca".

El púgil le respondió escupiendo sangre.

"Pero míralo, si ni se ha sentado. Ni siquiera lo he tocado, joder. ¿Tú has visto eso? Creo que el árbitro va a pararlo".

"No, es demasiado pronto. ¿En el primer round? Piensa, piensa y esquiva. Tendrás tu oportunidad, este deporte siempre te da una. Aguanta Vasilij, aguanta hasta el final".

Sonó la campana y Moses Miller se apresuró al centro del ring. El negro solía ser paciente, pero hoy había descargado en tres minutos todos los golpes que algunos no conseguirían en toda una carrera. Siempre favorito, el Martillo de Lousiana había repartido hoy sus M&M´s sin una pizca de criterio ni de misericordia durante tres minutos.

La figura pálida y gigante de Vasilij se irguió a duras penas, encarando lentamente el camino en el que esperaba el dueño de la gloria que él ansiaba.

El árbitro dio el comienzo al segundo round e inmediatamente Miller se fue hacia su rival.

Moses tenía tatuado en su brazo derecho un ramillete de lirios que iban desde el envés de su mano hasta el hombro. Y eso era todo lo que el ruso podía ver, hipnotizado por su brillo en la oscura piel empapada. Moses le enseñaba los lirios al proteger con su brazo el mentón y le propinaba un crochet con la izquierda.

Lirios, crochet, lirios, crochet, lirios, crochet,...

Vasilij se tiró a sus brazos. Moses lo sujetó entre las axilas y le susurró al oído.

"Vasilij, tovarich, no sigas, pienso terminar antes del tercero así que no te sigas haciendo daño".

"Es el segundo, no puedo caer ya. Frena Miller, por favor. Haz conmigo luego lo que quieras".

El árbitro empujó a cada uno hacia un lado y mandó seguir. Moses Miller no perdió un instante.

Rama de lirios y crochet...

Cayó desplomado aunque consciente. Escuchaba la cuenta mientras subía un poco la cabeza, cinco, seis, siete. Percibió al negro de pie, sin un golpe, con la misma cara de sed. Entonces dejó caer de nuevo a plomo su cabeza contra el suelo, ocho, nueve y diez.

Knock Out.

Capítulo tercero. Miedo al ayer.

Llevaba toda la tarde preocupado. Sentado en una banqueta de madera y cubierto sólo por una toalla blanca desentumecía sus músculos moviendo el cuello. Entró por la puerta del vestuario un tipo con traje morado de pata de elefante y el pecho cubierto de oro.

-"Por fin llegas, ¿dónde estabas?"
-"En el palco. El combate es sólo en una hora. ¿Qué ocurre?"
-"Todavía no he hablado con ellas. No es normal. Averigua algo"

El hombre salió sin perder un instante y Moses se sentó cruzando las piernas sobre el banco. Cerró los ojos para relajarse y bajó la cabeza. Pasados unos minutos escuchó a alguien que entraba sin llamar. Elevó la cabeza y los abrió, sorprendido.

-"¿Tú?"

Un hombrecito de frac negro se paró a una distancia prudencial. Con los brazos cruzados en la espalda. Le habló en bajo.

-"Vaya, no parece que te alegres mucho de volver a verme. ¿Cuánto hace, diez, doce años?
-"¿Qué haces aquí, cucaracha?"
-"Me enteré que combatías esta noche y me dije, ¿Por qué no hacerle una visita a nuestro viejo amigo?"
-"No soy tu amigo. Sal de aquí o llamaré para que te saquen".
-"Moses, Moses, deberías ser más amable. Y más aún después de todo lo que hicimos por ti de niño".

El boxeador se elevó sobre la altura del hombrecito de manera rotunda al levantarse y lo miró con desprecio. Pero éste continuó.

"Vale, ya veo que no me darás mucho más tiempo así que seré breve Moses. Frank está ahora en tu casa, con tu hijita y tu mujer".

Casi sin acabar de decirlo, Moses le lanzó el tronco que tenía por brazo.
Le pinzó el cuello levantándolo varios palmos del suelo y lo empotró contra una taquilla de la pared. El hombrecillo rasgó sus cuerdas bucales.

"Moses, suéltame loco, sabes de lo que mi hermano es capaz".

Aflojó, pero no llegó a soltarle. Le habló enseñándole los dientes, muy cerca. El hombrecito, ladeó todo lo que pudo la cara.

"Más te vale que hayas tomado tus precauciones André. Acabaré contigo y tu fotocopia sin dejar rastro. Ya no soy vuestro esclavo. Vuelve a Nueva Orleans y no regreses a mi vida o te juro que os aplastaré a los dos".

Moses abrió la mano dejándole caer al suelo. André se acarició el cuello mientras miraba hacia arriba y le bufó.

- ”Seré breve negro. Hoy perderás. Si quieres volver a verlas, claro. Nuestra deuda entonces quedará saldada. Llamaré a Frank y volverá a Nueva Orleans. Y no nos volverás a ver”.

- “Tu palabra no vale nada. ¿Quién te dice que no acabaré ahora mismo contigo?”.

- “No tienes opción. Déjame ir y cuando caigas en la lona todo esto se habrá acabado.”

Moses se dio la vuelta y se sentó otra vez en el banco. “Lárgate”, dijo. André se incorporó arrastrando la espalda por la taquilla. Moses cerró los ojos otra vez. El hombrecito se fue a tientas, como si no quisiera despertarle.

Pero no hubiera podido. Miller luchaba ahora con todas sus fuerzas contra sus recuerdos olvidados. Respiraba profundo por los anchos canales de su nariz. Se mojaba los labios.

Sabía de lo que eran capaces los Pelletier y no iba a asumir ningún tipo de riesgo, se dejaría caer en el primero.

El hombre de morado y oro volvió entonces a entrar por la puerta, Moses abrió los ojos.

- “Queda poco y aún no sabemos nada, pero yo me ocupo, tú pelea como sabes. Mañana por la tarde te tengo en casa de vuelta”.

- “Saca el móvil. Busca un avión para Miami”.

- “¿El avión? ¿Hablas en serio? Nunca te subes a nada que sube”.

- “Saca el móvil. Busca un avión para casa. ¿Lo tendré que repetir?”.

Sacó el teléfono, buscó un avión.

- “A ver, a las doce, no, ese imposible, a las tres...” Moses le interrumpió.

- “Reserva dos plazas en primera, para las doce”.

- “¿A las doce? Moses, pero el combate empieza a las diez y...” Moses volvió a cortarle.

- “¿Lo tendré que repetir?”.

- “No, no, está bien. Ya me dirás lo que está pasando, todo esto es muy raro. Ahora véndate y vístete, ya no queda mucho. Espero que no hagas ninguna tontería hoy”.

Encaró la puerta del vestuario y la abrió, pero en ese instante sonó su teléfono. Lo descolgó y fue asintiendo. Moses le miraba sin parpadear. Tras unos segundos, colgó.

- “Moses, tranquilo. Tus vigilantes han cogido a un tipo en el jardín. Lo tienen abajo detenido. Tu hija y tu mujer están bien. Ahora les llamo para hablar con ellas. ¿Digo a los chicos que hagan algo con él?”.

"Si", dijo el negro sonriendo, "Diles que me lo guarden para la cena".

"¿Algo más?".

"Una última cosa. Tiene un hermano gemelo. Y ha estado hace minutos aquí. Dadle boleto".

"Como digas Moses".

El hombre salió y cerró la puerta. Moses se levantó y se puso a calentar. Frenético, con una intensidad que nunca había probado. Como para coger a tiempo el vuelo de las 00.00 para Miami.

El croata con botas

Reconozco que llevé a mi nieto al museo ese día con la intención de condicionar su decisión. Mi familia es del Internazionale por tradición pero a mi hija, su madre, le dio por enamorarse de un jugador del Milan. La excusa para llevarme a Andrea es que los dos equipos de nuestra ciudad comparten estadio y museo. Y allí que íbamos. Su padre no me iba prohibir llevarle a un sitio donde también tienen su foto expuesta.

Recuerdo que se fue hacia la vitrina que hay en la zona del Inter. Algo tiene esa vitrina de magia, porque es pequeña, y la alumbra un rayito de luz azul, y está rodeada de otras más lustrosas y grandes. Y todo el mundo va a mirar lo que hay ahí primero. Siempre.

Abuelo ¿Y estas botas?

Andrea no sabía leer aún, así que me puse las gafas y lo hice yo.

"Botas de fútbol de Dalibor Rajevic. Modelo Rajevic 2000".

Andrea me sorprendió con su respuesta.

Dalibor. ¡El de la Play!

Y señaló hacia una pantalla de luz blanca donde aparecía su figura de futbolista de los setenta con las letras de Pirelli en grande. Mi nieto no sabría leer ni había oído hablar aún del fuera de juego, pero definitivamente ya conocía a Dalibor Rajevic.

Si Andrea, Dalibor jugó un año en el Inter. Recuerdo el primer día que lo vi. No fue aquí, tuvimos que irnos más lejos. Siéntate, te lo contaré.

Yo era directivo en aquel tiempo del equipo. El presidente, gran amigo mío, me llamó y me pidió que fuera con el entrenador del filial a Croacia. "Vete y a la vuelta te cuento, necesito saber qué opinas del chico".
En el avión repasé la ficha que me habían dado en el club. 16 años, Dinamo de Zagreb, medio ofensivo, habilidoso. Lo de siempre.

Jugaban ese día. Yo no iba con muchas esperanzas. El caso es que ganaron.

¿Por cuántos goles abuelo?

Pues ya ni me acuerdo, pero el chico, a pesar de que parecía una ramita, tomaba en cada momento la mejor de las decisiones. Cada taconazo, cada vaselina, cada ruleta eran siempre con alguna intención más que su propio lucimiento. Le salían las cosas solas, y lo que es más importante, le salían a su equipo. Recuerdo que tenía el pelo largo, acababa en rizos castaños que no llegaban a caerle sobre los hombros y que se peinaba con un flequillo de lado que le tapaba casi siempre uno de los ojos por completo. En el campo no gesticulaba. No se alegraba. No se enfadaba.
Luego nos dijeron el precio, 20 millones.

- ¡20 millones!

Mucho. Llamé al presidente nada más llegar y le dije que había que hacer un esfuerzo. Pero me advirtió de algo.
“Por eso quería que fueras a verlo en persona”, me dijo. “Dalibor tiene una extraña enfermedad”.

En su país había habido una guerra Andrea. Una estúpida guerra entre hermanos. Y el chico se había quedado sin su padre. Se refugió entonces en las únicas cosas que le seguían dando felicidad. El fútbol y el clarinete. Sus médicos decían que cuando practicaba esas actividades Dalibor entraba en un estado hipnótico.

- ¿Hipnótico?, me preguntó mi nieto mientras abría la segunda piruleta.

Sí. Es como estar sonámbulo, pero despierto. Un día Dalibor me dijo:

“Cuando juego al fútbol o toco una pieza el tiempo parece ir a cámara lenta. Puedo adelantarme a cualquier situación. Todo fluye entonces”.
Y aunque creo que nadie tiene poderes, de alguna forma, lo que a Dalibor le pasaba cuando se refugiaba en sus dos pasiones, le hacía ser como un superhéroe.

“¿Vale ese dinero un chico enfermo?”, me preguntó el presidente. “Enfermo o no, si es capaz de hacer lo que hace, lo vale”.

Y nos lo gastamos todo. El dinero y la fe.

Les trajimos a él y a su madre a un piso que yo tenía para alquilar en el centro. Deseábamos que estuviese como en casa, tuvimos en cuenta cada detalle. Se integró rápido aquel verano, los chicos del equipo le apreciaban. Yo me fui a Estados Unidos a recibir unos cursos justo al comienzo de la liga. Pero antes de mi regreso ya sabía que algo no iba bien.

El primer partido no me llamó nadie, al segundo me llamó el entrenador de juveniles que vino a Zagreb, el tercero tampoco me llamó nadie, al cuarto me llamó el presidente:

“Francesco, tienes que volver ya. Te habrás enterado por los periódicos supongo. La noticia es que no hay noticia, no da una. En el último casi lo expulsan. La gente empieza a decir barbaridades”.

Llegué entre semana, justo para el partido de copa. Fui del aeropuerto al estadio en mi coche. Hablé con todo el mundo y me pusieron al día, Dalibor parecía uno de esos muy malos negocios y todos me señalaban como el culpable de su descubrimiento, digámoslo así.

El equipo ya estaba en los vestuarios. Bajé y me encontré al entrenador.

- ¿Qué está pasando aquí? Le dije muy enojado, buscando rápidamente otro culpable.

- No se entera Francesco, tu chico no se entera.

Tu chico...

Discutimos en alto. Pero conseguí que me prometiera sacarlo a jugar unos minutos en la segunda. Y que me dejase hablar con él como última excepción. A solas.

Me fue fácil. Dalibor casi siempre estaba sólo. Le oí cantar entre las gotas de agua de la ducha mientras me aproximaba. Dije en alto su nombre. El agua paró y su voz contestó desde el otro lado de la pared de azulejos.

¿Si?

Soy Francesco. Me cuentan que algo no va bien.

Pasaron segundos y no recibí respuesta.

¿Estás bien?

Al fin dijo algo, con ese acento raro de los chicos del este.

Bueno, podría estar mejor. Hoy no juego.

Si, si juegas. Pero esto es lo último que puedo hacer por ti. Si quieres contarme algo, si es por una chica, ya he tenido ese problema más veces.

Volví a no oír nada, pero esta vez le di tiempo.

No es por una chica. Si le cuento lo que creo, pensará que estoy loco Señor Francesco.

Soy todo oídos. Y esta puede que sea nuestra última oportunidad.

Es por las botas. Dijo como resignado, acabando con un largo suspiro.

Se me hubieran ocurrido muchas razones Andrea, pero nunca unas botas. Le dije que fuera rápido, quedaban minutos para el partido.

El día de mi debut entró en el vestuario un directivo. Me vio poniéndome mis botas y me preguntó que dónde pensaba salir con eso. Le expliqué que mi padre era zapatero y que las había hecho para mí. Se rio y me prohibió salir con ellas. Usted estaba de viaje y no me atreví a hablar con nadie más. Me bajaron otras de mi talla, muy cómodas la verdad. Pero no he vuelto a fluir como antes desde ese momento.

No podía creer que hubiéramos tenido tanto cuidado con todo y se nos estancara el fluido por la ocurrencia de un directivo. Aunque me parecía eso, una locura, me apresuré.

¿Dónde tienes esas botas?

En mi..., en casa Señor. Tengo decenas de pares. Mi padre mejoró cada versión. Hizo un montón de las definitivas.

- ¿Hay alguien ahora?

- No, mamá siempre viene a verme.

- Vale, tranquilo. Voy a ir a la casa y a estar aquí para el segundo tiempo. Coge las botas de tu taquilla en el descanso.

- No le puedo asegurar que funcione. Me duele mucho hacerle esto.

- Y más nos dolerá si no encontramos la solución hoy. Apúrate, queda poco.

Salí, se suele tardar casi media hora desde el Meazza. Pero es lo que tardé en ir y venir. Otro día te contaré cómo.

Llegué a punto de terminar la primera parte con tres cajas de botas en los brazos y las dejé en su taquilla. Me senté en el palco. Estaban todos al catering y el marcador con los dos ceros. Comenzó la segunda. Salió a calentar como había acordado con el míster, la grada reaccionó bien, los que me rodeaban me miraban de reojo.

Pude ver que llevaba las botas. Sonó la megafonía, sale el 21, entra el 10. Rajevic, Dalibor.

Y todo volvió a fluir. Vi otra vez a aquel chico de Zágreb, al que no le tocaba ninguna patada. Bailando, quién sabe si al son de un clarinete. Acabó el partido, se agachó, señaló al cielo y se puso a llorar. Como un niño. Porque era un niño.

Descubrimos con el tiempo que a Dalibor no le gustaba el fútbol especialmente. Le gustaban los recuerdos que le traía de su padre, del tiempo que ambos compartieron juntos. Y todo lo que no le había podido decir y hubiera querido, se lo decía desde el campo. Con sus botas. Como un sonámbulo despierto. Era un "¿Ves?, lo logré, y todo gracias a ti".

Hizo un año que aún se recuerda. Ganamos liga y copa cuando casi nadie contaba con nosotros. Pero en Agosto se fue, era una oportunidad increíble para él y mucho dinero para nosotros.

- ¿Más de 20 millones?

- Más Andrea, mucho más. ¡Dios mío! Mira qué tarde se nos ha hecho. Vámonos o mamá no nos dará hoy de comer.

Salimos del estadio y Andrea miraba para atrás todo el rato.

- Andrea, mira hacia delante o te caerás.

Se paró, clavó ojillos de pena en mí. Y me dijo.

- ¿Sabes qué abuelo?

- Qué.

Voy a ser del Milán. ¡Pero también seré amigo del Inter!

Claramente la historia había conseguido el efecto contrario al que yo buscaba cuando vinimos al museo, pero ya lo empezaba a entender todo.

Eso va a ser difícil, deberías elegir sólo un equipo.

¿Del Milán y de Dalibor?

Me parece muy buena idea Andrea. Papá te llevará a San Siro y yo te llevaré un día a casa de los Rajevic.

Nos fuimos a comer y a darle una alegría a su padre. A mí ya me la había dado. Eso y una lección.

Encuentro errante

Era una parada más en el camino sin destino concreto de los Yuma. El rumbo que guiaba a poniente a los miles de hombres y mujeres hijos de los siete Jefes. Tras días de marcha sin descanso y el peso de la arena en los talones, el encuentro con un campo abandonado de pozos petrolíferos les sirvió como esqueleto sobre el que montar su campamento.

El desierto asistía en su atardecer a las idas y venidas de personas, camellos y caballos que llevaban o traían algo. Las hileras de carretas se distribuían como manzanas de edificios bajos formando calles mientras los hierros deformados de las torres de perforación desenrollaban escalas y servían de atalayas a hombres armados. Vigilantes que con rifles de precisión asistían a la creación de una ciudad en un suspiro. El Sol era ya una fina línea que separaba un cielo cada vez más oscuro del horizonte de dunas. Los generadores portátiles estaban a pleno rendimiento y cada carreta emitía un foco de luz en la puerta.

Del hormiguear ordenado de gente salió corriendo Bigirimani, vestida con la túnica color azul de su pueblo. Una niña de unos quince años que alumbraba su rostro con ojos de cielo despejado. El pelo, oscuro, iba alisado y recogido por los cascos blancos de un viejo iPod que llevaba enganchado a un cinturón de cuero. Caminaba hacia la planta cuadrada en ruinas de lo que en su día debió ser un almacén de suministros del campo petrolífero. De entre los escombros de madera que crecían de la arena salió un destello que llamó su atención. Bajó los cascos hasta el cuello y avanzó cuidadosa entre las pilas de madera vieja.

Una lata de gasolina sucia, cubierta hasta la mitad.

Bigirimani la sacó y limpió con una mano un lateral mientras leía en voz baja lo que ponía.

- TEXACO

Fue decir las palabras y tener que soltarla rápidamente, pues le pareció que se agitaba algo en su interior más grande que una lagartija. La lata comenzó a temblar sobre la arena y la niña retrocedió, pero sin apartar sus ojos del baile.

Pensó que comenzaba a salir gas por el agujero, pues la lata rociaba hacia arriba algo fluido que difuminaba lo que había detrás, como cuando el asfalto se derrite al Sol. Sonó entonces una nota grave y sostenida que hizo a todo el que estaba en el campamento mirar hacia el almacén abandonado. Y tras ese sonido vino otro, y otro, que conformaban una melodía de guitarra amplificada por toda la esfera estrellada. Cualquiera que supiera un poco de música del siglo XX conocía que era el comienzo de Personal Jesus.

Lo que parecía una enorme nube de gas en el aire empezó a sudar tinta china. Y de las lágrimas negras que dibujaban el cielo en regueros se formó un enorme cow-boy en movimiento. Todos en el poblado miraban hacia arriba con boca de ceros la figura de un gigante tocando la guitarra española bajo las estrellas. Con sombrero calado hasta casi cerrarle los ojos, chaleco y un cinturón con la hebilla dibujando la S del dólar. Los tejanos se le cerraban en un sinuoso hilo hasta la boca de la lata, como si se tratase de un genio de la lámpara moderno.

Y el dibujo animado gigante empezó a entonar la canción, grave, más al estilo de Johnny Cash que de Depeche Mode.

- Tu propio Jesús personal,...

Su voz debía oírse en kilómetros a la redonda. Aunque probablemente no habría más oídos que los de los Yuma en toda esa distancia.

- ... alguien que escucha tus plegarias, alguien a quien le importas...

La imagen de dibujos animados en trazos negros les miraba desde arriba, y veía cómo hileras de antorchas se dirigían a su son desde lo alto.

- ... alguien que escucha tus plegarias, alguien que está ahí...

Como si la noche fuese un anfiteatro de acústica perfecta, los hombres y mujeres, hasta los animales domésticos de la caravana, todos asistían cautivados al concierto que se dibujaba en el cielo bajo el foco de la luna llena.

- ... da un paso y toca la fe.

Acabó el tema y el cow boy acercó su cara hacia abajo con la velocidad del trueno.

- ¿Quién manda aquí? ... ¿Eh?

Gritó. En poco tiempo las antorchas formaron un pasillo con muros de personas y un anciano inició el camino a través vestido con una túnica hecha de corbatas azules, todas distintas, cosidas entre sí. Paseaba con una pamela blanca en la cabeza y un bastón terminado en una cajita redonda con una brújula de hojalata oxidada dentro. Llegó hasta el punto donde Bigirimani estaba arrodillada, se agachó y le sonrió. La acarició y se irguió sobre su par de botas de cuero sin cordones. Peinó las canas con una mano y habló hacia la aparición.

- Podría decirse que aquí mando yo.

Y le aguantó la mirada. Como si el viejo estuviera acostumbrado a ver eso todos los días.

- Me habéis llamado. Y he acudido. Como siempre acudo. Antes de que me conteste, anciano, le diré que si intentan ser más listos que yo, no dudaré en hacerles picadillo, así nos ahorraremos los preámbulos desagradables de otras veces.

- No será necesario que nos lo demuestre. Creemos en su palabra.

- Continúo pues. Veo, y no me sorprende, que las cosas van peor por aquí que la última vez. Observo que lo que antes era oro ahora es agua, y que lo que antes era agua ahora es oro ¿Me equivoco Gran Jefe?

- Ha sido usted preciso señor. Mi pueblo sólo trata de sobrevivir.

- Si Gran Jefe, no hace falta que se excuse, no les voy a juzgar a estas alturas. Escúcheme bien porque le debo una propuesta.

- Hable, nadie le interrumpirá.

Hubiera sido imposible que nadie lo hiciera, el auditorio asistía paralizado al diálogo.

- Les ofrezco lo que no tienen. Una isla con acantilados fáciles de defender. Un oasis de recursos únicos. Y con agua, agua a raudales. Agua por la que no habrá que matar, agua pura y cristalina para cada nuevo día. Y sobre esa isla, podréis construir un nuevo hogar, una nueva civilización. Esa es la parte buena.

- Me interesa más la otra, si me permite.

- Le permito Gran Jefe. Quiero que basen su nueva cultura sobre la verdad. Pongan los cimientos de una civilización inspirada por la justicia. Me da igual cómo lo hagan, yo les pongo el medio. Podrán defenderlo de los que no piensan igual, pero si dentro de cien, mil años, en mi próxima salida, descubro que han vuelto a cagarla otra vez, desataré toda mi furia sobre su pueblo o sus herederos.

A Bigirimani se le escapó algo.

- ¿A una isla? ¿Y no salir nunca de allí?

El anciano la miró sin censurarla. Luego a los suyos, a los de atrás, a los que estaban arriba apostados, repasó todo. El espectro esperaba paciente masticando una rama de trigo del tamaño de uno de los pozos. Seguían sin oírse ni los grillos. Por fin el jefe de los siete jefes habló.

- Señor, gracias. Pero mi pueblo buscará su salida sólo. No condenaremos a los hijos de nuestros hijos. Seguiremos caminando hasta que las reservas de agua nos aguanten, hasta que encontremos un lugar de gentes amables para compartir, hasta que seamos los pioneros de un paraíso escondido. O hasta que se lo arrebatemos a otro más débil. Al viejo estilo de nuestra especie.

- Qué bien habla. Por eso le llamo el Gran Jefe. De acuerdo entonces, vuelvo a mi sueño. No me molesten, les sugiero. Son buena gente, hijos de los siete, les he rellenado las reservas de agua como regalo de consolación.
Y las de pólvora. Buena noche, buen viaje.

Y el cielo comenzó a llorar las lágrimas negras del espectro al desteñirse y desaparecer. Celebraron toda la noche mientras los siete jefes fijaban concilio en una tienda para escribir en el libro sagrado.

Después siguieron su ruta al levantar el sol, como siempre han hecho los nómadas. Como siempre han hecho los Yuma.

Cuatro clavos de oro

El tipo que nos mira sentado con ojos de serpiente de cascabel es el "Cachuchas". El último profe de gimnasia al que recuerdo fumando mientras nos hacía dar vueltas al parque. Esa cara de cartón morena apretada contra los huesos, sus ojeras hipnotizantes. Y un Seat 127 gris. Si había un malo de la película en el C.P. San Andrés, ese era Don Arturo, el "Cachuchas".

Los que estamos frente a él y algunos de sus compañeros de trabajo bajo un cuadro del Rey, somos nosotros cuatro. Alineados de mayor a menor edad y estatura, como los Hermanos Dalton. Roberto, yo, Olivia y Catalina, la enana cursi de las "liendres para Ripley".

- ¿Y bien? ¿Quién empieza?

Es mi padre el que pregunta.

Las chicas y yo miramos a la derecha sincronizadamente. Roberto se puso rojo en toda su superficie. Se supone que el mayor debe ofrecer siempre la versión de los hechos. Pero comenzó a tartamudear y, la verdad, no se le entendía nada. Por suerte para nosotros intervino su hermana.

- Venga Roberto, cuéntales lo de la chica.

La miré, buscando en la reacción de Olivia un salvavidas. Detrás de ella la enana me obsequiaba la vista con prospecciones profundas de su nariz. Su padre, le habló en bajito, indicándole que aminorase el ritmo con una mano, como la Guardia Civil en la carretera. "Cariño, los mocos".
Le observé con un punto de asco y como Roberto no arrancaba y su hermana me lo había puesto fácil, hablé al foro.

- Olivia tiene razón, no fue idea nuestra. Esa chica de octavo nos dio las puntas y nos dijo que se las pusiésemos a Don Arturo en las ruedas del coche.

Por supuesto que lo hice sin siquiera atreverme a mirar al "Cachuchas".

- ¿Ah sí?, dijo mi padre tensando el arco de su ceja.

Eran casi las tres de la tarde, así que el hambre fue la campana que nos salvó de la sala de profesores. Los adultos recogieron sus bártulos y yo fui el trayecto a casa en el coche de mi padre en modo silencio, remordiéndome la conciencia con toda aquella cagada.

Al día siguiente volví al colegio y a medida que las cosas continuaban con su rutina mañanera fui olvidándolo.

Pero a mitad de la clase de lengua llamaron a la puerta a golpe de nudillo. Mi cuerpo se erizó entero como si fuera una liebre escuchando disparos. Y sin tiempo a echar el aire de los pulmones, oí como la señora de la puerta decía mi nombre y apellidos. Me incorporé y llegué flotando, con todos esos ojos de mi profesor y compañeros apuntándome como lásers rojos del Imperio. Pero algo me hizo no morir allí mismo como un Ewok. Al salir del aula Olivia estaba apoyada en la pared del pasillo, mirando al suelo.

Me acerqué a ella desde abajo, a través de su cortina larga y rubia de pelo liso. Me puso tan feliz verla que hasta tuve ánimo para hacerle una mueca. Sonrió y me invitó a callar poniendo el dedo delante de sus labios de fresa ácida. Se incorporó y empezamos a recorrer el pasillo detrás de la señora que nos apremiaba como un ogro hembra.

- ¡Seguidme! Ahora vamos a ir a las clases de los mayores. Vuestros padres quieren saber quién fue la alumna que os mandó poner esos clavos. Si es que existe, claro.

Ni se ahorró descubrirnos su apuesta. Después de subir las escaleras que nunca subíamos los pequeños, se paró en los baños. "Esperad un momento aquí, ya no me aguanto más".

Le regalamos la más falsa de nuestras sonrisas y en cuanto oímos el pestillo de la puerta del váter nos pusimos a hablar en bajito, a grandes muecas y a toda prisa, tapándonos el uno al otro. Olivia me hizo un gesto desafiante con los dientes y las garras para que le dejase a ella.

- ¡Escúchame! Se han llevado a mi hermano y a Catalina juntos por las otras clases. Si vemos a la chica de ayer tenemos que decir que fue ella. Ellos harán lo mismo.

- Pero... ¡No fue!

- ¡Pues claro que no fue, tonto! Pero, ¿qué quieres? ¿Que los hijos de los profes digamos que íbamos a pincharle las ruedas al Cachuchas? ¿Eh?

- Pues,..., no. Pero me da un poco de pena por la chica.

- No te preocupes. Es mayor. Y estuvo allí y nos vio. Hasta se rió diciendo que ojala le explotasen las cuatro ¿No te acuerdas?

- Eso es porque no pensaba que fuéramos a hacerlo de verdad.

- ¿Y tú qué sabes? Además, la idea fue tuya, chaval. Cuando encontramos la caja de los clavos de oro fuiste el que dijo lo del plan.

- El plan hubiera salido genial si la enana hubiera vigilado bien... Pero siempre la pifia conmigo. Ya me llevaron a cortarme el pelo al cero por su culpa. Mi madre dijo que tenía liendres como huevos de alien...

El click del pestillo del baño nos hizo callar al instante y poner cara de niños de colegio de pago otra vez. Seguimos hasta la primera puerta verde del pasillo tras la empleada, ya más desahogada. Llamó con los nudillos y nos hizo entrar a los dos. Tuve vértigo al ver a tanta gente mayor desde la tarima mientras entrábamos. Era una de las clases de mi padre. Lo recuerdo porque cuando su profesor les mandó callar, los de la última fila me hacían gestos señalándose para que culpase a uno de ellos. Todos sabían ya de la historia en el cole y los más inadaptados nos habían tomado en consideración. Miré a Olivia, negaba con la cabeza, vista al frente. Hice lo mismo.

Salimos de nuevo los tres y encaramos el camino por el pasillo hacia la siguiente puerta. Antes de llegar Olivia me paró agarrándome del brazo.

- Lo último. La enana no se chivará a nadie. Hablé con ella y le dije que esto sería siempre un secreto. Sólo quiere que le trates bien y no le vuelvas a llamar así.

Antes de esperar a mi queja, me hizo temblar como una hoja cuando pasó la mano por mi coco liso recién desparasitado a contra pelo. Mientras, me regalaba la famosa sonrisa de Olivia. Creo que era la primera vez que pasaba su mano tan cerca de mi piel. Creo que en ese momento sentí demasiadas cosas por primera vez, en aquel pasillo de puertas verdes.
Así que asentí como un cordero.

- ¡Vamos! ¿Qué hacéis ahí parados? Nos tentó la señora desde la siguiente puerta, ya abierta.

Nos miramos una última vez y arrancamos. Mismo procedimiento que en el aula anterior. En cuanto entramos y subí al frente divisé a la presa en la tercera fila de pupitres. Paralizada a pesar de su tamaño, vigilándonos entrar en su madriguera tras su casco de pelo beatle. Casi parecía un chico. Nada más subirme a la tarima escuché a Olivia de entre el silencio.

- Esa.

Lo dijo inmóvil como la estatua de Colón, apuntándole. Creíble, no sabéis cómo de creíble era una mentira en la cara de Olivia.

Miré a la clase, levanté la mano y señalé con el dedo.

- Esa, sí.

Disparé.

No sé qué fue de la chica exactamente los días posteriores. Oí en algún recreo que le había caído una bronca mítica. Bueno, era mayor.

No nos volvió a hablar hasta que se fue al instituto. Olivia fue mi primer amor. Aunque no habláramos más que de cosas como que si te tragas un chicle se te pega a las tripas y todo eso. En el cole tuvimos el respeto ganado en adelante, de grandes a pequeños, hasta que nos fuimos de allí para que siguiera el ciclo de la vida en la selva. Yo cambié mis hábitos y tuve que empezar a llamar a la enana Catalina. Y a recoger sus canicas del suelo. Y a hacer de hermano mayor delante de otras mocosas. Y a jugar a la comba cuando no tenía a nadie...

Pero a pesar de que todo nos saliera bien, recuerdo que estuve mucho tiempo teniendo pesadillas con aquel affaire de los clavos de oro.

Y con aquella pobre chica inocente de octavo.

Bailar como Iggy Pop

El Drug-Store. Veamos, estantería por estantería es de la forma que no se me olvida nada.

Platos, vasos de papel, cubiertos de plástico. Aquí, más velas, cerillas y mecheros. Las señoras salen al paso, me miran sin disimular. Como los antiguos vecinos del bloque. Rápidamente me relevaron de as de guerra a tarado nacional. Al final parece que los que estuvimos en el lodo, hasta lo disfrutamos. Ni uno de ellos vino al entierro de mi esposa, ni uno sólo a darme pésame aunque fuera por los servicios prestados. Y entonces me mudé a la vieja mansión de mis padres. A una hora y en el campo. Sólo conmigo.

Importantc. Comida para perro. Dos sacos más. De estos grandes de papel metalizado. Puedo sentir la carne resbaladiza dentro, rezumando en su grasa todo el magro mientras la meto en el carro. Su favorita. Si las cosas se ponen mal serán reservas de proteínas para mí, dinero bien invertido. Y pensar que de no ser por la herencia de mis padres mi pensión no hubiera dado ni para Whiskys.

Por aquí, cuidado con el suelo, recién fregado, sólo un poco de cada cosa más. Latas. Tomate, champiñones, alcachofas, maíz, piña.... Pasta también, italiana, asiática...

... Nooddles.

Los noodles eran la comida de todos los días en Hanói. Me vuelve a traer a la cabeza la cara morena de aquel tipo del Vietcong. Y todo lo que nos dijo. Cuánto hace ya, ¿cuarenta años? Frank y yo nunca nos reíamos de los prisioneros. Pero a fuerza de repetir lo macabro acaba uno hasta por encontrar resquicios de color en la más podrida de las oscuridades.

Aunque aquello fuera la confesión más paranoica e inquietante que habíamos arrancado en nuestras vidas.

¿Invasores del espacio? ¿Infiltrados? ¿Una avanzadilla para un asalto definitivo? Lo decía como el que sabe algo más de lo que cuenta. Creíble. Siempre nos pareció ridículamente creíble.
Nachos, tortitas, jalapeños...tequila, dos. A Frank le encanta la comida Tex-Mex. Será mi regalo de bienvenida si se decide.
Pago mi cuenta. Nadie pregunta si necesito ayuda para llevar las bolsas a la ranchera. Ni un solo voluntario. Hoy me aíslan por mi aspecto, mañana quizá me quieran en su club. Cargo pero el carro se queda aquí, no pienso ser cívico hoy. Arranco. A casa.
...

Todo es apacible desde que atraviesas las verjas de la mansión victoriana de mis padres. Bajo con la ranchera por la vía de servicio hasta la parte de atrás. La que da a la bahía. Una lengua de mar que me separa lo suficiente del enjambre de luces que es la capital.

Aparco y empiezo a descargar. Repaso con los dedos, está todo. Cojo parte de las bolsas y bajo por las escaleras de piedra hacia el muelle. Con cuidado, resbalan. Los últimos rayos de Sol se reflejan en los motores de la fuera borda. Subo a bordo y abro los tambuchos de popa. Las latas caben en cualquier agujero y pueden acabar siendo un tesoro rebuscado en algún otro momento, en algún otro lugar.

Regreso por las escaleras a casa, desde aquí parece un faro. Es un suplicio subirlas con este bochorno. Estoy muy viejo ya.

Acabo de recoger las bolsas que quedan y entro en la casa por la puerta de atrás. Recorro el pasillo hacia la habitación que uso como almacén.

Abro el arcón frigorífico para dejar los sacos de comida para perro. Me recibe, abierto como un pescado, el brazo que le amputé a Iggy ayer. A la altura del codo, un corte limpio.

Recuerdo semanas antes cuando lo visité en el banco. "Mr. Popper" ponía en el cristal de su puerta. Me dio mil explicaciones sobre las estafas piramidales y los ahorros de mi mujer. "Mala suerte, son cosas que pasan, ustedes lo firmaron, no puedo hacer nada, estaremos aquí para lo que necesite".

Eso fue la espita que me hizo volver a aquel tipo del Vietcong. Y las otras cosas que contó. "Fíjense en su ojos. Yo ya los he visto. Sin una sola vena, sin el brillo traslúcido de un ser vivo. Fíjense bien en sus pupilas, redondas. Pero miren mejor, verán dentro otras más afiladas, como las de una serpiente o un gato".

Exactamente como los ojos del Señor Pop. No tuve duda alguna a pesar de sus gafas. Me había dado de bruces con un pionero de lejos. Con uno que me había cabreado mucho. Mala suerte. Para él.

Lo esperé a salir del banco y lo fulminé en la primera esquina poco transitada. Me lo traje a casa inconsciente, estaba muy frío. Lo desnudé y lo metí en el baño antes de que despertase. Até su cuerpo a una silla en el plato de ducha. Amordazado, encadenado y con el "plic-plic" de agua constante sobre su calva. Aplicándole gota a gota el paso de los días. Le expliqué cómo se iría horadando su cráneo hasta abrir un agujero por el que se le saldrían algo más que las ideas. Nadie lo echó en falta. Mermaba, se hacía huesos y seguía sin hablar. Demasiado aguante para ser humano. Tras semana y media alcanzó su límite. Me miraba como si yo fuera una presa, con los ojos muy abiertos. Me pedía hambriento carne para perro. Las pupilas eran como la cabeza de un alfiler. Entonces dijo su primera frase mientras levantaba la cabeza del suelo y tiraba de la cadena que le unía a la ducha por el cuello.

"It will come".

It. Con eso empezó a dejarlo todo claro. Luego siguió frenético con la descripción de naves que vendrían hacia Washington, Nueva York, Boston. Sembrando la ruina desde la costa Este para hacer suyo esta mierda de planeta. El día 26 de Junio al caer el Sol, añadió de forma contundente. Luego se quedó dormido y no dijo nada más.

Y tras dos semanas, hoy es 26.

Al fin, ayer Frank me cogió el teléfono. Es fin de mes y se habría bebido toda la paga, así que estaba operativo. Le conté la historia y me llamó de todo. Él también. Así que colgué, agarré el machete del aserradero y le seccioné a Iggy el brazo. Lo abrí en dos. Había carne, pero no hueso. En su lugar un cartílago casi transparente. Por la mañana le envié una fotografía al móvil. Y un mensaje: "Te lo dije y ya no tengo dudas. Ha dicho que vendrán, esta noche. Como avisó aquel tío del Vietcong. He estado preparándome en casa. Si quieres seguir vivo, vendrás".

Cierro los arcones y vuelvo por el pasillo. Huele a mierda de lagarto y amoniaco. Entro en el salón y enciendo la radio. Hace calor, voy a la cocina. Cerveza. Recojo el fusil de encima de la campana extractora. Quito el seguro del arma y regreso al salón con una mano fría y la otra caliente. Me siento en la mecedora. Al borde de la ventana del segundo piso que da al embarcadero. Observo anochecer en Washington D.C.

Las 22:16. Comienza a caer fuego sobre la capital. Imaginé algo más avanzado. Pero si son carne, también son fuego, tiene sentido. Escucho a Iggy, desquiciado, desde el baño. Dando gritos y aullidos de bienvenida. Si son carne, sufrirán el dolor de la carne, pienso. No veo naves espaciales ni nada parecido, sólo bolas en llamas caer y medrar en la superficie. Pensé que serían algo más sofisticados. Estoy muy mayor, he visto demasiadas cosas. Y demasiadas películas.

Fuego purificador de fondo. Algo así vería Nerón.

¡Un ruido de motor! Aparto la cortina con la punta del fusil. Luces acercándose por el camino que lleva la mansión. Un Cadillac destartalado azul oscuro. Con el intermitente derecho roto desde hace más de diez años. Hola Frank, amigo. Aquí hay sitio para los dos. Para los tres. Vienes con el traje de matar y el parche de los funerales en el ojo, condecorado y armado hasta los dientes. Aún cojo, asustas.

Mientras subes, iré calentando las tortitas en el horno. Y abriré la primera botella de tequila.

Puede que al final nuestra especie, dependa de tíos como tú y como yo.

Lágrimas de Katmandú. Pañuelo del Gobi

Narangtsetseg dormía recostada sobre pieles de yak, vestida con seda azul que perfilaba su cuerpo de rama de trigo. Se despertó soñando que robaban el ganado, pero rápidamente se calmó. Nadie con un poco de amor por algo se acercaría al campamento de tiendas redondas que sembraba el valle. Nadie, por muy lejos que estuvieran de casa, se atrevería siquiera a mirar hacia la explanada donde se levantaban los gers de los hijos del Khan.

Sus párpados se habían recogido como dos hojas de laurel y la estancia se alumbraba ahora de la luz de sus ojos pardos y el fuego de los últimos rescoldos del brasero en el centro del suelo. Observó el hemiciclo de la tienda hacia el que caía ladeada. La paz con la que viajaban de sitio en sitio los muebles que la engalanaban era la paz que recibía ella antes de volver a respirar. Hondo.

La madera, pintada de rosas, azules y verdes. Naranjas y rojos. Se levantaba sobre una alfombra persa que para ella siempre rompió el orden de aquella media luna de paz. La fue siguiendo con la vista a ras de suelo y se giró sobre la cama hasta mirar al cuarto menguante. Se erigían a ese lado regalos que reyes hicieron a otros reyes. El fuego se hacía vivo, centelleante en el interior, reflejado por las platas, oros, hierros y demás metales que bañaban los objetos y armas traídos de tierras extrañas. Se molestaban allí arrumbados, los unos a los otros. Siempre había pensado que si cobraran vida le harían cada mañana una reverencia. La vuelta sobre sí misma le hizo sentir frío, el invierno empezaba a llegar y la mole de cordilleras que les había marcado el final de la misión blanqueaba sus afilados picos cada vez hasta más abajo. Se puso cara al techo y se regaló el descuido de haber dejado el toono sin cubrir. Por el hueco redondo entraba la luz de las noches con luz y caían, a intervalos largos, grandes copos de nieve. Algunos se quedaban en las varillas de barniz rojo que se cerraban en el círculo más pequeño y más alto del ger. Otros, valientes, entraban y chisporroteaban en el brasero del suelo. Los más afortunados, resbalaban sobre el paño sagrado que colgaba de una cuerda desde el techo hasta la altura de un hombre y derretían poco a poco su blancor en él, como dando de beber a los espíritus que habitan entre sus fibras de lino. Se reclinó poco a poco y se deslizó en las zapatillas al borde de la cama. Se puso de pie. Cogió de una mesa baja al pie de un espejo un gorro redondo. Suave. Lo rodeó con las manos muy abiertas para sentir el cosquilleo en las palmas y los dedos antes de ponérselo. Se miró al reflejo intermitente de la lumbre y se vio radiante. Coronada por pelo salvaje. Con tres hileras de perlas en forma de "u" que colgaban de un lado a otro del sombrero mongol y que enmarcaban su rostro en el centro. Haciéndole parecer un icono. Como los que había visto de las vírgenes de occidente. Y tras ella, la nieve deslizándose en calma. Estuvo así un rato, levantando la barbilla, con planta de reina. Recordándose que aunque otras montasen a su hombre ella era la única que podía seguir diciéndole que no. Se cubrió con una de las pieles de la cama y salió a cerrar el toono. Mañana regresaban los guerreros al campamento. Mañana volvía su Dayan Khan y al fin, tras más de veinte estaciones, podrían regresar al desierto, a seguir trashumando por las viejas rutas en las que nacieron los últimos niños de los Tumad. Los mongoles del Gobi.

Al salir dejó de oler a madera caliente y flores secas y sintió que el viento del Tibet le arañaba la garganta. Se acercó al fieltro que cerraba el toono mientras sus pupilas rodaban con disimulo por la base de las cuencas. Hacia el hombre que alimentaba una hoguera al raso.

- "Otgonbayar", dijo mientras tiraba del cierre como hilando lana.

Reclinado, con la cabeza entre las rodillas, el joven calentaba al fuego la punta de una flecha. Dejaba ver su cara morena entre orejeras de pelaje blanco, encajado bajo el cono de cuero de su casco para el invierno. Se movió rompiendo el silencio con el tintineo de las cadenas de malla sobre el peto curtido.

- "Mi reina, entre. Empieza a nevar, pronto hará más frío".

- "Mejor sería que fueses tú. Mañana volverás a ser guerrero, te liberarás por fin de tan pesada carga". Se lo dijo con una sonrisa de dientecitos blancos que hacía a las perlas que circundaban su rostro parecer de otro color mucho más oscuro.

- "De tan liviana, si me permite. Acabaré y recogeré todo. Estaré para lo que necesite".

- "Siempre lo estás Otgonbayar. Siempre lo has estado. Eres digno del Khan y serás un asiduo a su lado. Recuerda que eso lo ha hecho tu valía, pero también su confianza en ti. Todo lo vales. Y ningún trato rompiste en todo este tiempo".

- "No me lo perdonaría. Pero, déjeme decir, que ni en siete vidas volveré a vivir algo como lo de este tiempo. Junto a usted".

- "Calla, no hagas que me arrepienta. Toma. Quiero que lleves este pañuelo contigo. Allí estaré cuando estés lejos. Si viniera de improviso la muerte, agárrate a él para despedirte de mí". Y soltó un pañuelo azul camuflado entre los azules vaporosos de su cintura y lo ató al arco mongol que reposaba en una piedra al lado de la hoguera.

Volvió entonces hacia la puerta de su tienda y le miró por última vez.

- "Quizá en otro lugar Otgonbayar. Quizá en otro tiempo". Y se giró, como un pergamino al cerrarse sobre sí mismo. Y desapareció entre la tela de su puerta y los copos como puños del cielo.

El escolta volvió a meter la cabeza entre las piernas. Nadie ha visto nunca a un guerrero mongol llorar. Alcanzó su arco con una mano y aspiró profundo el aroma de la tela. Dulce, cálido. Olor para olvidar. Apartó con la punta de la flecha las boñigas que no habían ardido del todo y miró al cielo. Primero hacia el Oeste y saludó a sus cincuenta y cinco dioses blancos. Luego al Este, y se ofreció dispuesto de nuevo a los cuarenta y cuatro espíritus negros. Bajó la cabeza y recogió su carcaj. Se cruzó el arco a la espalda. Se llevó la lanza, el escudo y los estribos. Miró a la cima de Katmandú. La que impone el miedo en un lugar de hombres pacíficos. Se giró del todo y llevó su vista a lo lejos, entre el moteado de la nieve. Un largo camino de vuelta a casa. Largo para las piernas, aún más largo para su alma. Se dirigió al ger, haciendo crujir la nieve cuajada bajo sus botas. Fue haciendo serpientes con las pisadas y se paró al lado de su caballo. Descansaba. Se agachó y le punzó con una flecha en el cuello. Con maestría, pues el equino ni se inmutó. Se lanzó ávido con la boca y bebió. Succionó tembloroso y tragó mientras su montura dormía, plácida. Llenándose del sabor del guerrero. Miró otra vez al cielo con la boca muy abierta. Para que la nieve limpiase la sangre. Y el recuerdo de aquel olor azul.

Despertar es morir un poco

Gianluigi miró por la rendija de la puerta para cerciorarse de que no había moros en la costa. Caminó deslizando sus babuchas desgastadas hacia la ventana usando su bastón como remo. La abrió mientras apretaba los ojos, molesto por el jaleo habitual tras la cena.

- Gianluigi cierra la ventana, nos vas a matar de frío.

Le increpó uno de los viejos que jugaba al póker.

- Vete al cuerno Fabio. Y vosotros, soldaditos de plomo. Si estáis aquí, la guerra no fue tan dura con vosotros. Estáis todo el día dando la matraca con lo mismo.

Mientras, golpeaba con dos dedos un paquete de tabaco, haciendo que saliera a ritmo un cigarro aún más arrugado que el envoltorio. Fabio le contestó con sus cartas sobre la mesa.

- Eso lo dices porque tú no fuiste.

Marcó mucho el "tú" antes de que se hiciera el silencio.
El resto podían ver las líneas que unían los ojos de Fabio y Gianluigi como cables de alta tensión.

- No Fabio. No fui. ¿Y Sabéis por qué? Os lo diré. Y os regalaré de paso una historia decente. Así tendréis algo nuevo que contar a vuestros nietos sin verles bostezar. Esta es una historia conocida para los que sois de Nueva York, pero no hay nadie vivo que sepa la parte que yo sé.

Gianluigi se sentó en la repisa con los pies colgando. Se acarició la perilla y sacó un mechero del bolsillo de su albornoz.

"Eran los cuarenta. Mi padre había trabajado de joven con un tipo en una tienda de ultramarinos de Little Italy. Pasado el tiempo el tipo llegó alto. Tanto que yo no tuve que ir a la guerra. Se llamaba Vito de Corleone".

Hizo una pausa y encendió el cigarro. Aspiró y soltó la primera bocanada de humo. Acabó como quitándole importancia.

"El Padrino".

Apagaron el televisor en la sala.

Continuó, encorvando su cuerpo hacia adelante y bajando un poco la voz.

"Recuerdo que una noche me llamó Tom Hagen, el consigliere de la familia. Tenían problemas con alguien de la costa oeste y necesitaban solucionarlo antes de una semana. Así que me enviaba a Los Ángeles sin darme más detalles, mi compañero de viaje sabría todo lo que había que hacer".

- ¿Tom Hagen en persona? Preguntó un viejo con acento irlandés.

“Si, el mismo. Así que al día siguiente vinieron en un coche negro para llevarme al aeropuerto. Por el camino hicieron una parada para recoger a mi acompañante. Cuando abrió la puerta de atrás y se agachó para saludarme fue como un eclipse de Sol. Era Luca Brasi”.

- ¿Luca Brasi? ¿Pero,... no estaba muerto en los cuarenta?, dijo alguien desde el fondo.

“No. Todavía no. Aunque hay que reconocer que ser el guardaespaldas del Don era una profesión arriesgada.

Fuimos en un avión de esos gigantescos que tenía la Pan Am. Era la primera vez que visitaba Los Ángeles. Estaba excitado. Ya sabéis, Hollywood. Coches caros y chicas guapas.

Sólo una hora antes de aterrizar Luca me dirigió la palabra. Había ido todo el vuelo roncando como un bendito. Me dio una billetera apretada de dólares y un papel con dos direcciones. Cuando llegáramos y mientras Brasi se hacía con lo necesario yo tendría que realizar un par de sobornos que habían arreglado desde Nueva York. Me dijo que el tío al que íbamos a visitar era un pez gordo. Se trataba de un viejo solitario que vivía con un ama de llaves y dos vigilantes en una mansión a las afueras. Fácil. Mi mañana consistiría en pagar lo acordado a los supuestos empleados de confianza. A la chica, para que le diera un sedante al viejo antes de irse a dormir, a los dos vigilantes, para que no oyeran ni vieran nada por la noche.

Al llegar, un chófer vino a recogerme al aeropuerto. Luca se fue por su cuenta y yo hice los pagos. Me llevó poco tiempo. Como era verano y me estaba asando con el traje de fieltro, le dije al conductor que me llevase a alguna tienda de ropa de Hollywood Boulevard.

Debí cambiar mucho de aspecto por la cara que me puso al salir. Chaqueta y pantalones blancos, un Borsalino del mismo color para la cabeza y unos zapatos de fibras entrelazadas que dejaban agujeritos para que el pie transpirase. Yo me veía estupendo.

Esperé a Luca Brasi tomando un trago. Llegó con una bolsa de lona muy grande. Casi vacía. Al andar parecía un sonajero metálico por los utensilios que llevaba dentro.

Una de las cosas que hacían siempre los Corleone era no dar más información de la necesaria a sus soldados. Y aunque al final siempre se enteraba uno de todo, nadie se atrevía a preguntar en el durante.

De noche, cuando íbamos hacia la mansión, se puso a llover. La típica tormenta de verano. Saltamos la valla y Brasi me dejó esperando bajo una de las palmeras de la finca. De camino sólo le oí quejarse con pelusa de que todo era por del ahijado del Don, Johnny Fontane. El tío de la finca era un pez gordo de Hollywood que no quería darle un papel en su última película. Y se mantenía en sus trece. Debía ser muy gordo porque la mansión era demencial. De estilo romano, llena de estatuas y columnas, dos plantas, jardines espaciosos y una piscina de revista. Toda plantada de palmeras. Yo me protegía bajo una para no calarme hasta los huesos. Temblando de frío con mi ropa nueva de pitiminí pegada al cuerpo. Se me trasparentaban los calzoncillos y mi Borsalino era ahora una cañería rota evacuando agua. De repente oí un ruido. Giré la cabeza y vi a Luca Brasi acercarse. Venía encorvado cargando con la bolsa de lona a sus espaldas. Me metió prisa;

- Vamos sígueme, tenemos que ir rápido ahora.

Fui tras él, hacia unas escaleras del ala este de la mansión. Mis zapatos hacían un crujido húmedo muy molesto cada vez que pisaba el suelo. El agua salía por los agujerillos a cada paso como los chorros de las fuentes con querubines que me rodeaban. Noté entonces que la bolsa que cargaba Luca iba llena. La cremallera pingaba sangre. No quise imaginar nada. Quería acabar y largarme de allí. Ahora sí sentía miedo de verdad.
Subimos por unas escaleras exteriores hasta una puerta en el piso de arriba. Luca la empujó con su enorme cuerpo y la abrió de golpe. Era una habitación para cagarse. Una cama enorme, con un cabecero tallado en madera que podría estar en una iglesia. Sobre la mesilla de noche había un Óscar. Tuve la tentación de llevármelo.
Me acerqué hacia la cama y descubrí entre las sábanas a un hombre en pijama. Brasi me asustó al apoyar el equipaje botando sobre el colchón. Entonces me atreví a preguntarle por primera vez.

- Pero, éste es el tío, ¿no?

- Sí. Y este es Jartúm. O algo así.

Y al fin, sacó de la bolsa de lona la cabeza de un caballo que debía haber sido precioso en vida. La piel negra, brillante y de terciopelo contrastaba con los tendones colgando del cuello que, cortado de manera brutal, era todavía un sumidero de sangre. Luca bajó las sábanas del todo y puso la cabeza del semental a los pies del tipo. El bicho me miraba con los ojos muy abiertos. Con el brillo apagado de cuando ves a Luca Brasi por última vez en tu vida.

- Tápale. No quiero manchar. No quiero estropearle la sorpresa.

Así que cubrí al hombre hasta el cuello, Notando cómo las sábanas se pegaban a su cuerpo. Empapadas por dentro de la sangre templada de Jartúm. Un caballo de 600.000 dólares. Luca recogió los bártulos y se agachó hacia la oreja del tipo.

- Le dejo aquí un recado Señor Woltz. Me quedaría un rato para poder ver su jeta al despertar, pero tenemos prisa.

Y le dio tres cachetes en la cara para ver si seguía sedado antes de que saliéramos pitando de allí.

A los tres días llegó a casa del Don en Nueva York un ramo de flores. Eran de Johnny Fontane. El papel era suyo. Muchos habréis visto la película. Fontane lo borda, la verdad. Todos ganaron. Hasta me invitaron al estreno. Dejé aquello pronto. Eran demasiadas emociones para mí y yo apreciaba mucho mi vida.

Mientras tanto, vosotros en una guerra. Decíais."

Gianluca apagó su cigarro en la suela y lo arrojó por la ventana. Se bajó de un salto y la cerró. Apretó el cinturón de su albornoz rojo. Pasó a través del pasillo reverencial que parecía hacerle los demás en la sala de juegos. Todos con la misma cara con la que le miraban en los cuarenta. Abrió la puerta y se volvió para despedirse.

- Hasta mañana soldaditos de plomo. Sean buenos y no fumen. Eso podría matarles.

Se giró para ir a su cuarto, hizo una pausa y como colofón, se tiró un pedo. Con dedicatoria incluida para todos.

La vida sin Tac

Érase una vez un claro con mesas-camilla dispuestas en hilera, cubiertas por manteles de colores bordados de flores, abrazadas por bancales de piano y sillas victorianas de madera. El suelo sobre el que reposaban los enseres al aire de la noche lo remendaban alfombras de muchos tamaños y formas. Alrededor, todo el bosque aparecía arrasado por el fuego. Los árboles no eran más que frágiles esqueletos de carbón.

Tarrant el Sombrerero, de cuclillas sobre una silla, sostenía por el asa una tacita de porcelana con el meñique estirado al cielo. Cerraba uno de los ojos mientras sacaba la lengua, tembloroso, tratando de evitar que la torre irregular de loza que había construido sobre la mesa se derrumbase bajo el peso de una taza más.

"Siempre hay sitio para una más".

Parecía no hablar a nadie, pero sobre un diván al otro extremo se abrieron dos enormes ojos verdes. La luz que emitían alumbraba una cremallera de dientes que cerraba una sonrisa de medio círculo.

"Claro Tarrant. Y si no, siempre habría sitio para una menos".

Le respondió con un ronroneo perezoso.

"Qué haría yo sin ti. Minino de Chesire. Gato panza abajo. Mi gatillo fácil".

El sombrerero estiró un poco más el brazo y las rodillas, acercándose peligrosamente a la torre de diez palmos de porcelana mientras seguía recitando.

"Los rincones para los gatos y las esquinas para los guapos. Un ojo al gato y otro al garabato. Cuando todo se hierve te pueden dar gato por liebre. Por un gato que maté, me llaman Matagatos".

La Liebre de Marzo apareció de sopetón, avanzando tambaleándose hacia los lados. Traía tanta vajilla apilada en sus brazos, que sólo se veían sus orejas gachas y raídas saliendo de entre las tazas y los platos como las agujas de un reloj. Habló con el tono molesto que tienen las liebres.

"Concéntrate en lo que haces Tarrant. Y vete acabando, ¿no oyes el té pitar?"

El gato de Chesire la miró y se rió, anticipándose a lo que estaba a punto de ocurrir. Tarrant se estiraba al límite.

"Ya casi, ya casi, vamos bonita. Una más".

El crujido de una rama bajo los pies planos de la Liebre despistó la atención de Tarrant, que la miró y acabó por alargarse demasiado, derrumbándose a plomo sobre la pila vertical. Se levantó de un salto bajo su sombrero de media guinea y se limpió los trocitos de porcelana que lo salpicaban. Miró el reloj que había sacado del bolsillo y les dijo muy nervioso.

"Las seis ¡Las Seis! El té pitando y el reloj... Las seis ¡Las seis!"

Comenzó entonces una danza alrededor del Gato de Chesire que se venía repitiendo desde hace muchas estaciones. Desde el mismo día en el que la Reina Roja les condenara a vivir para siempre a las seis de la tarde por tratar de matar al Señor del Tiempo. La Liebre de Marzo y el Sombrerero iban derramando té en cada uno de los servicios. Rotando alrededor de las mesas con urgencia y deleitándose del sabor de la mezcla, como si la estuvieran probando por vez primera.

Pero, y era un hecho, las cosas habían cambiado mucho para Tarrant desde el principio. Hipnotizado en su propio vórtice pensaba que ya no veía al Señor Lirón en las reuniones. No le dolía la forma en que se había ido, él mismo hubiera pagado por morir ahogado en un barril de vino dulce, pero sí le entristecía no encontrárselo dormido por ahí, tirado, roncando en cualquier parte. Tampoco brillaban las hojas de los árboles ni el antiguo verde del césped alrededor del festín. El día que llegaron aquellas cajas flotando por el río fue el fin del bosque frondoso que habían conocido. Qué emoción, todos aquellos fuegos de artificio tan bien empaquetados en papel de celofán. Lástima que jugar con ellos tuviera sus riesgos, y de no ser porque actuaron como auténticos héroes durante toda la noche, el fuego hubiera devorado también el claro del té.

Iban ya por el quinto, el Sombrerero bebía un sorbo y avanzaba hacia el siguiente asiento, dejándole a la Liebre el resto en la taza para que ésta lo apurara. Era una liebre de muchas palabras, así que hablaba y hablaba sin parar.

"Tienes que escuchar este último Tarrant. Lo he retocado un poco, fíjate.

- Reina Roja, su majestad, no nos castigaría usted por algo que no hemos hecho.

- No, claro que no.

- Qué alivio, porque siempre se nos olvida hacerle la reverencia".

La liebre sorbía de otra taza mientras se tronchaba, salpicándolo todo tras la última de sus ocurrencias.

"Ummmm, no sé. Yo lo mejoraría. Prueba a quitarle lo del castigo. O lo de la reverencia. O lo de la Reina. A ver qué te sale. Aún son las seis, tienes tiempo".

"¿Ah sí?, creo que entonces voy a servirme una taza de té".

Tarrant hablaba dejándose llevar. Todos los días era lo mismo a todas horas. Siempre las seis, siempre repitiendo la condena del té. Si por lo menos volviera la niña para echarles una mano. La niña hace mucho que vino. Pero hace aún mucho más que se fue.

El Gato de Chesire les miraba con la cabeza apoyada en su mesa. Era condescendiente con la actitud de Tarrant por la exposición de éste a los vapores del mercurio con el que había dado lustre a tantos sombreros, pero la Liebre le sacaba de quicio. Giró la cabeza a un lado y miró a una puerta de madera que permanecía extrañamente intacta entre dos árboles calcinados a pocos metros. Luego otra vez a sus chiflados compañeros de velada. Nunca prestaban atención a esa puerta, no tenían tiempo, tan apurados. Siempre a las seis. Decidió entonces tratar de ayudarles. Probó a la manera de Tarrant.

"Estoy investigando cosas que empiecen por la letra P".

Tarrant dejó de servir de la tetera y miró al Gato con el cuerpo tieso y las manos abiertas sobre la mesa, alargándose hacia él. Le contestó de carrerilla.

"Pórtico, portillo, portón, poterna..."

Sonrió como si hubiera solucionado un acertijo. Pero la Liebre de Marzo tenía algo más que añadir.

"Vamos Tarrant, ahora con la M".

El Gato de Chesire suspiró y cerró los ojos, negando con la cabeza. Qué raro. La Liebre estropeando algo otra vez.

Tarrant miró su reloj. ¡Las seis!, pensó. Avanzó hasta el siguiente banco y mientras servía otra taza respondió.

"Manguera, minino, molino, madriguera, mandarina, mandilón,...

Pasaron unos segundos en los que Tarrant no cambió ni un gesto.

.... ¡PUERTA!"

"Nooo Tarrant. ¡Cómo pudiste fallar! ¡Eso era antes! Te dije con M ésta vez" se lamentó la Liebre de manera muy trágica.

Pero el Sombrerero no la escuchaba, concentrado ahora en algo que veía más allá de los dientes del Gato de Chesire. Donde aún se mantenía en pie una puerta que había olvidado por completo. Tarrant avanzó a saltitos y la Liebre se apuró detrás. El Gato bajó remolón de su banco y siguió a la pareja. Se pararon justo enfrente. Tarrant se agachó y sopló la ceniza que había sobre el pomo. Lo empuñó con la mano derecha y giró. Empujó y al asomarse vio el campo de croquet de la Reina con los setos perfectamente cortados y las rosas recién pintadas de rojo. Avanzó miedoso por el tapete de césped y respiró profundamente. Olía como olía la hierba cuando se mojaba.

El Gato de Chesire preguntó en alto.

"Tarrant, ¿qué hora es?"

Tarrant deslizó la mano al bolsillo y sacó su reloj. Lo abrió con el pulgar y cuando saltó la tapa, leyó.

"Las seis. ¡Y tres!"

Y se le quedó la boca muy abierta, desencajada.

"Creo que el mundo os llama de nuevo, criaturas. Corred y no os metáis en más líos."

Les vio entonces salir como aquellos cohetes que llegaron hace años por el río, sin rumbo, chocándose, dibujando trayectorias raras. Saltando los setos y haciendo cabriolas entre los rosales. Se dio la vuelta para ir al banco mullido a celebrar su bien ganada tranquilidad. Y es que hasta un Gato de Chesire sabe que el tiempo no corre si no pasa nada distinto. Y cuando pasa, entonces vuela.

El Kilt de los McMurtry

Nuestro particular club de los cinco no se completó hasta la llegada de Kim. Antes estábamos perdidos. Como esos pollitos de colores que van de un lado a otro dentro de las cajas que ponen los gitanos en la plaza.

La tutora nos dijo que tendríamos un nuevo compañero de clase el segundo trimestre. Era el hijo de un escritor escocés que se venía a vivir a la ciudad. A la tierra donde nació su mujer y madre de Kim.

Pensaba que se trataría de otro gilipollas más al que sufrir.

El día que apareció, lo hizo tarde. Llamó a la puerta y la profesora lo invitó a sentarse en su sitio. No era muy alto y llevaba su mítico chándal negro con tres rayas verdes. Sopló para quitarse los rizos de la cara. Se sentó detrás del Cigüeño, le tocaba por el apellido. Y el Cigüeño se lo ganó desde el minuto uno. Cuando se giró, le sonrió y le dijo con esa sonrisa gigante que tiene. "Bienvenido Kim, para lo que necesites, aquí estoy. Me llamo Miguel Ángel. Pero todos estos me llaman Cigüeño".

"Entonces es que todos estos no tienen ni puta idea de nada".

Sus primeras palabras eran su declaración de intenciones.

Empezó a salir al recreo con el Cigüeño y conmigo. Más Repetti, el súper dotado gafotas que sacaba malas notas y Lana, la chica que había venido de la montaña. Siempre íbamos juntos al cementerio viejo. Allí nos sentábamos a mirar las montañas y hablar sin moscones. Los demás gastaban su tiempo en los bares cercanos al instituto.

Nosotros no habíamos probado el vino aún.

Con el paso de los días Kim se convirtió en un marginado más por culpa de elegirnos a su lado. Pero, al revés que nosotros, mantenía un cable que le conectaba con el resto por ese algo especial que tiene. O porque su nombre funciona, como las marcas, directo al hipotálamo. Era al único de los cinco al que realmente respetaban.

Un día de primavera del último curso yo estaba en casa con fiebre. Vinieron estos en el recreo. Al abrirles la puerta entraron hablando muy agitados. Resulta que habría una fiesta para despedir el curso en casa de Álvaro, un tío de buena familia que sacaba en todo sobresaliente. Me la tenía jurada desde el primer día. De manera incomprensible, porque no recuerdo que hubiéramos cruzado más de dos palabras seguidas. Le jodía sólo el hecho de que existiera cerca de él.

Estaba toda la clase invitada, excepto nosotros cuatro. Kim agarraba su invitación con dos dedos y el brazo extendido, como si oliera mal.

Nos dijo: "Me han invitado a esa fiesta. Iremos a esa fiesta". Nos echamos a reír. Si Álvaro y el resto de capullos de 3ºF nos veían aparecer, lo menos que nos jugábamos era recibir un caldero con agua sucia desde la ventana.

Recurrió a todo para convencernos, y en ese esfuerzo oí por primera vez muchas cosas buenas de mí. Lo hizo resaltando todo lo que para él era excepcional de cada uno de nosotros. Nos recordó cómo y cuánto nos habían herido. Porque nos habían hecho daño de verdad. Y por último fue práctico.

"Qué más os da. Si el año que viene nos iremos a la universidad y los perderemos a todos de vista. Despidámonos de éste instituto, pero dejemos un bonito cadáver".

El caso es que Kim, nos convenció a los cuatro. En recreo y pico.

Para trazar el plan quedamos una noche en el cementerio viejo. Kim trajo una botella de whisky de su padre. Nos dijo que teníamos que beber. Un trago por cada propuesta, a palo seco. Que eso nos daría ardor de guerrero, que superaríamos los miedos. Y que lo que se jurara esa noche, no tendría vuelta atrás ni opción de arrepentimiento. También nos insistió en que el día que se empieza a beber tiene que ser especial. Un día que tenga algo bueno que recordar. Estaba seguro, nos dijo, de que nos preguntarían muchas veces por ese día en adelante.

Al principio nos pusimos a plantear alternativas sin ton ni son. Pero como el Glenfiddich me abrasaba las entrañas cada vez que me tocaba hablar, opté por elegir bien cada propuesta. Sirvió de poco, y la falta de costumbre hizo que todo se desmadrara. Nos la cogimos gorda. Yo recuerdo que me reía para adentro, sin poderme controlar, pasándomelo como nunca en la vida me lo he vuelto a pasar.

Pero con la alegría y el ardor del guerrero firmamos cosas. Cosas con sangre, porque hasta eso hicimos, autolesionarnos con un cristal de la botella seca.

Y a la mañana siguiente, hubo que echarle huevos para salir de la cama.

Mis padres se habían ido de viaje aquel fin de semana, así que quedamos en mi casa para dormir todos. Fueron llegando uno a uno, Kim lo hizo cargado de bolsas de papel.

Empezó a sacar kilts viejos de su casa. Con los cuadrados verdes y negros del clan familiar. Cogí uno y me fui al baño. Me puse la falda y me miré al espejo. Me encantó la primera imagen, incluso en camiseta. Tan en situación me puse, que me agaché, metí una mano por debajo del kilt, y jalé del calzoncillo para abajo.

Al salir ya le estaban dando al Glenfiddich, pintándose la cara como Braveheart y con las faldas a la cintura. Kim era el único invitado y tenía que hacer de cebo, así que se puso muy elegante. Con una camisa blanca con bordados y chaqueta negra.

Bajamos los cinco en el ascensor. Nos mirábamos al espejo, poniendo muecas y enseñando dientes. El Cigüeño se colocaba la gaita a la espalda, el tío desafinaba que no veas, pero no se le podía decir nada, se tomaba las críticas muy a pecho con respecto a ese tema.

Llegamos anocheciendo al chalet de Álvaro. Juntamos las manos haciendo un círculo y le dimos un último lingotazo al whisky. Kim fue hacia la casa y nosotros tomamos posiciones alrededor.

Llamó a la puerta y le abrió el capullo integral. Se debió quedar alucinado al verle. Kim le dijo algo así como, "Vengo de etiqueta, como dijiste".

No le dio tiempo a responder más que, "Pasa, anda", cuando le llamaron a voces desde el jardín. "¡Troncos Álvaro!¡Están cayendo troncos!". Y salió corriendo hacia allí para ver lo que pasaba.

Cayeron dos troncos desde fuera de las vallas, haciendo estruendo y congregando a todo el mundo alrededor. Los habíamos tirado el Cigüeño y yo. Eran de un almacén de madera que había fuera. Nos dimos cuenta de que existía el día que hicimos el reconocimiento del terreno.

Fuimos hacia la puerta, nos miramos serios los cinco, y entramos gritando en la casa para poder con los nervios. Fue muy cómico, nos apartábamos con las manos mientras corríamos. El Cigüeño soplaba la gaita y el ruido dolía. Nos equivocamos de camino, no encontrábamos salida al jardín. Así que vuelta atrás, buscando un poco de paz para los oídos, porque el Cigüeño andaba ensimismado, como un elefante que huye, barritando a todo pulmón.

Al fin vimos la puerta al exterior. Salimos como tarados peligrosos. Los de la fiesta nos miraban desde donde habían caído los troncos. Nos veían correr hacia ellos, al son del Cigüeño. Algunos se empezaron a apartar disimuladamente, otros corrieron hacia los lados. Fuimos a por los mayores hijos de puta de 3°F. Entre los cinco los tiramos uno a uno a la piscina. Todos trajeados. Después, atacamos una ensaladera enorme con frutas flotando en vino que había en una mesa. Repetti metió la cabeza, y bebió. Los demás le imitamos. Nos pusimos en corro, juntamos las manos y les dimos la espalda a los invitados. Nos agachamos y les regalamos nuestros culos al viento del verano. Lana también. Hubiera pagado por verlo.

La cosa no fue a mayores. Kim era un embaucador nato. Álvaro intentó reprenderle pero no tuvo opción. Y como Kim es escocés, y eso parece darte un pase para todo, la cosa no fue más allá con nadie.

La fiesta siguió y los que cayeron a la piscina se lo tomaron bien. "Quién lo hubiera dicho de vosotros, nunca pensé que estuvierais tan jamaos" me decían al oído. Y las chicas, que siempre parecían haber vivido en un universo paralelo de se mira pero no se toca, empezaron a verme a partir de ese momento. Como si todos los antepasados de Kim se hubieran puesto de acuerdo en ayudarnos a partir de entonces. Cómo olvidar aquel día, reyes de la fiesta, guapísimos con los kilts de los McMurtry, riéndonos sin complejo alguno con los que nos habían hecho llorar.

Cómo olvidar ese día.

El día en el que, casualmente, mojé por primera vez.

Aquilino López que estás en los cielos

A mi abuelo Lidio.

Santa María de la Isla, León.
23 de mayo de 1962

"Señor, acoge a Aquilino en tu reino".

No recuerdo la iglesia tan ahíta de fieles en cincuenta años. Podría parecer que al otro lado de la puerta que da al púlpito no hubiera nadie, puedo ir mis pasos crujir la madera mientras me visto para el oficio, pero en el último vistazo a la concurrencia he calculado al menos medio millar.

Dudo que el silencio de ahí dentro sea fruto de la introspección.

Dudo, Señor, que vengan hoy todos a compartir el regalo de la Fe.

Vienen a llorar la falta. Porque el pueblo se alimenta de héroes y leyendas, y es obtuso para encontrar el camino del mérito en los actos más sencillos del hombre.

Cuántas veces te lo dije Aquilino, y nunca me escuchaste.

Cuántas veces se lo oí a tu madre: "Tanto va el cántaro a la fuente...".

Tu afán por huir de las tierras de tu padre. No querías partirte el lomo en las viñas. Eras listo, acudiste a mí. Y te enseñé a leer. Qué aspiración podría ser más pura que sucederme y llevar el testigo de la Obra guiando a los tuyos. Pero a ti la Obra siempre te supo a poco. Tenías miras más altas. Y tan alto subisteis, Aquilino, que el devenir os bajó de un golpe certero.

Caíste en un pasatiempo. Y morir por ocio es traicionar tus votos de alguna manera. No hay que ser valiente para tirarse cien veces de un avión, hay que ser inconsciente.

Y pendenciero con el destino.

Ahí tienes, en primera fila, a los nuevos compañeros que hiciste. No llevan alzacuellos ni luto por ti. Al contrario. Exhiben las medallas en sus guerreras azules como oropeles de valor. Les llega para deslumbrar a tus paisanos.

Ésta es mi casa. La casa de Dios. Y no hay ningún hombre que pueda discurrir por encima de eso. Por muchas insignias que le pincharan al pecho. Al final seremos todos beneficiarios de su piedad.

¡Ah!, el monaguillo, que no se me olvide:

"Basilio. Prepara el platillo para los responsos. Creo que al fin podremos comprar esa dichosa campana nueva".

Oficiemos la despedida de nuestro hermano como merece.

Aquilino, fue usted un buen hombre, aunque perdido. Como tantos otros.

...

Mi bancada luce repleta de militares de rango. La familia, rota, no exhibe su dolor. Campesinos curtidos, gente sin tiempo para la queja. Su madre le decía que el valiente pronto se acaba. Su hermano, el más hundido. Era usted su luz Aquilino, sus sueños de otra realidad. Ver a un hombre duro así, es el mejor de los homenajes que podría hacerle alguien en vida. Me recuerda, a pesar de su cara curtida por el sol y el trillo, a usted. Al primer día que le vi oficiar misa en la base. En su sotana de botones hasta el suelo. Con la corona negra de pelo redondeando la calva y que le hacía parecer mayor de lo que era.

Al principio nos desconcertaba ver su ritual semanal. Cuando cambiaba los negros por el caqui y se tapaba la cabeza con la chichonera de paracaidista. Y entonces rejuvenecía diez años. Le recuerdo, padre, sonriendo en el avión. Entre el ruido de las hélices, de pie. Dando la bendición, a voz en grito, a los que saltaban por primera vez.

Ellos acudían al único capaz de calmarles el dolor de vientre en ese instante tan delicado.

Vaya, la misa ha empezado y no me había dado ni cuenta. Habla el cura desde el púlpito que estaba preparado para usted, pero para el que usted nunca estuvo hecho. Porque usted era la oración y la paz allí donde más se la necesitaba, capellán. De primera. Aquilino López Turienzo.

El Coronel me aprieta el brazo. ¿Qué pasa?. Pone la cara de cuando da los "malos días" a la tropa. Mira hacia mi espalda, enfocándome un punto a lo lejos. Me giro. ¿El monaguillo? Me sorprende que sea tan mayor para ser monaguillo, aparenta unos cuarenta. Mentales, bastantes, muchos menos.

No entiendo, vuelvo a mirar al Coronel. Se inclina un poco sobre mi hombro. Susurra.

"¿Qué pretende el subnormal? Hoy no va a hacer duros nadie a costa de la tragedia. Asegúrese de que ni lo intente".

Vuelvo a mirar al monaguillo. Lleva el plato de los responsos.

Ya lo entiendo.

Me levanto y salgo hacia la puerta como si necesitara algo urgente. Con todos mirando al suelo, voy poco a poco por el hueco entre la pared y los que se agolpan de pie. Veo al fondo al monaguillo, mi blanco, nunca mejor dicho. Ni se ha percatado de que llego. Le agarro el brazo. Me mira. Tiene los ojos de un niño incrustados en la cara de un hombre. Huele a antipolillas. Criatura, me da lástima. Pero está aleccionado por la mano que le da de comer. Le hablo, serio:

"Monaguillo, hoy no hay responsos, así que deje ese plato en su sitio".

Mira al amo, que sigue en el sermón. Se lo dejaré claro. Aprieto su brazo. Más fuerte.

Las medallas ayudan a hipnotizarlos.

"Cualquier idiotez o desobediencia de mi orden y te juro que os juzgarán por traición a la patria. Os monto un consejo de guerra por mis cojones. A ti y a tu pastor".

Las palabras influyen también.

El monaguillo deja el plato, temblando, encima de una mesita al lado del confesionario. El roble, renegrido, parece teñido de los pecados exudados con el tiempo.

Vuelvo hacia la bancada de los oficiales. La imagen que me tortura en la noche me corta el cráneo de un sablazo. Duele, como ayer. Casi pierdo el paso, me mareo. Una cortina de agua con terminaciones nerviosas brillantes y células que flotan me nubla la vista.

Caigo plácido en el azul. Me agarro a los tirantes. Miro arriba, usted el último, como siempre. Junto al brigada. Querrán probar algo. Siempre probando algo nuevo. Allá van. 186 padre, enhorabuena. Va usted a batir todos los récords. Respiro la ráfaga de aire tranquila. Pero cuando la suelto, se ha convertido en viento. Los paracaídas se cruzan el uno contra el otro. Otra vez esa hélice de dos hombres horadando el horizonte. Hasta el suelo, irremisiblemente. No puedo soportar la visión de su muerte padre. No recuerdo ni como caí.

Tuvieron que venir a por mí.

Vuelvo a ver algo por un ojo. Llego sudando, exhausto. Recuperando los puntos cardinales que parecían haber desaparecido a mi alrededor. "¿Está usted bien Comandante?" Me preguntan en la bancada. Respondo mientras apoyo los brazos y me siento. "Todo bien Coronel. Pierda cuidado".

Aquilino, que Dios te acoja en su seno.

Fuiste un buen hombre, y serás mi homenaje eterno.

...

Soy Colás padre, ¿se acuerda? Sí, ya sé que nunca me encargué de enterrar a los muertos, pero ahora no queda nadie que lo haga y yo ya estaba harto de cultivar remolacha. Y no crea padre, que le he cogido hasta el gusto.

Porque, ¿sabe?, me gusta ser el último en decirles adiós. Yo sé que ustedes me escuchan, como oiré yo al hombre que me entierre y espero que también me traiga conversación y venga a contarme las últimas cosas que me lleve del pueblo.

Nunca olvidaré lo que me dijo: "Colás, estudie usted a las hijas. No las condene". Ahora las tengo a las dos en León. En la Universidad, padre. Fíjese que por hacerme, me hice hasta del Atlético de Aviación.

¿Recuerda el día que trajo el primer coche al pueblo? Aquel precioso coche negro con las llantas plateadas que puso en la puerta de casa de sus padres para que todos lo pudiéramos ver. Cuando subió a su madre para darle la primera vuelta. A ella, que lo parió a usted. Y la llevó hasta la báscula, con aquel triqui - traque tan bonito que hacía el coche. Y todos los niños del pueblo corriendo detrás. Porque cada vez que usted venía padre, parecía que el pueblo andaba de bautizo.

Dieron la vuelta y volvieron, con las ventanillas abiertas. Y cuando frenó aquel coche tan elegante, y su madre, con las manos en el salpicadero y la cara pálida gritó: "¡Sooooo!".

Todo el pueblo se echó a reír. Porque déjeme decirle padre, usted era la alegría siempre que se nos aparecía por aquí.

Y todas las noticias buenas desde que se fue. Capellán, la carrera militar. Lo de los saltos. Cómo iba a imaginarme yo, padre, que pasaría de verle cavar el huerto a escuchar que subía más arriba que los pardales.

Mire que decía veces su madre: "Tanto va el cántaro a la fuente...".

Aunque yo creo que le mereció la pena, ¿verdad padre?. Porque mi vida se cuenta en una partida de brisca, pero para la suya habría que juntarse unos cuantos inviernos al brasero. Usted siempre hablaba de tantas cosas que a uno le gustaba escuchar...

Hoy han estado todos. Los habrá visto. Ha estado hasta el padre de la mujer de su hermano. Ese que es rojo y que nunca aparece por aquí. Y hoy vino por primera vez para despedirse de usted.

Gracias por todo Aquilino. Gracias de parte de todos, que todos han venido a escondidas a darme algún recado para usted.

Es la hora, es duro.

Adiós.

Dé saludos a quien usted ya sabe que tengo por ahí. Y guárdeme un sitio cerca. Por si algún día necesita algo de mí. Que no me vale una vida para pagárselo todo de una vez.

Aquilino, que Dios le acoja en su seno.

No es algo que a estas alturas les diga muy a menudo pero, padre...

Creo que fue usted un buen hombre.

Rosco "dientes negros"

Llevaba meses esperando aquel repique de campana. Y es que la vida plomiza de un niño del sur de Dakota se compensaba con momentos como aquellos. Nada o casi nada había pasado en Siux Falls desde el día en que nací. Sólo la visita que Rosco "dientes negros" y sus cinco nos habían hecho hacía más de un año. Rosco, un cuatrero de barba bien recortada que cuando abría la boca parecía una pianola, había prometido volver. No contento con llevarse todo el ganado del tío Jonás por la fuerza, quería también una flor del pueblo. Pero había decidido dejarlo para otro momento, ese día pensaba que aún era demasiado joven para él.

Así que al sentir vibrar el metal del campanario entre las calles de madera un año después, los niños de la escuela apretamos los nudos de los hatillos y nos apuramos hacia nuestras casas.

Y qué decir de ella, la maestra. Allí arriba, delante del encerado. Origen de todas las pasiones y disputas. De todos los líos. Y de éste en concreto. No recuerdo el día en que empecé a amarla, tampoco sé si alguna vez he dejado de hacerlo. Se llamaba Maguille, pero se hacía llamar Lille, aunque todo el mundo la conocía como Nancy.

Una mestiza de padre holandés y madre india que nos alegraba las mañanas lejos del ganado. Nos regalaba a diario su olor a jabón y el sonido de un viento seco del desierto más que de la voz de una mujer. Con las trenzas negras de pelo muy liso que caían a ambos lados de "dos frutas del pecado", que diría el reverendo Dan. No era extraño que Rosco "dientes negros" la quisiera sólo para él.

Nos gritaba que fuéramos directamente a casa, que no nos entretuviéramos por el camino y que no saliéramos hasta oír las campanas de nuevo. Me agarró por los brazos y me dijo, mirándome con esos ojos pardos que tienen los indios más viejos:

"Jim, corre. Esto es peligroso".

Entonces y para su sorpresa, la besé en los labios. Por primera vez, y de manera preventiva también. Pues cabía una posibilidad de que fuera mi última ocasión.

Salí de la escuela enredado en el beso y al llegar a la verja del patio torcí disimulado a la izquierda sin pensarlo. Escuché a Nancy por la ventana reprenderme a voces, llamándome cien cosas sucias que en su boca sonaban a flores de cactus y aligeré el paso hacia dónde se oía gente. En Siux Falls nunca pasaba nada y yo no iba a perderme el acontecimiento del año metido en casa bajo las faldas de mi madre.

El Sol caía de plano y el hatillo con los libros me golpeaba la espalda al correr, así que los tiré asqueado al polvo en el medio del camino, a la altura del saloon. Escuché entonces la voz ronca del doctor Grape.

"Eh, imbécil. No tires los libros, ellos sí podrán salvarte un día la vida".

Me lo decía un tipo que cobraba por dar consejos de salud a los demás desde un trono de madera y su cetro de ginebra siempre medio vacío. Con los pies sobre la valla de entrada al saloon. Hoy sin gente.

“Hombre, está usted aquí y no está ni el cantinero”, le respondí.

Se levantó tambaleando su cuerpo rechoncho hacia los lados y me gritó, con las manos en la valla y la botella asomando por un bolsillo de la americana:

“¡Yo estoy donde se me requiere cuando se me requiere! ¡Ignorante! ¡Gañán!”

Dejé allí tirados los libros sólo para joderle y seguí el camino hacia la calle Misuri, de dónde venía un murmullo cada vez más fuerte. Al torcer me di cuenta de que allí andaba todo el pueblo, hablando, en bajo. Me puse a dar saltos y pude ver sobre las cabezas que estábamos detrás de Ibrahim “el cabrón”.

Ibrahim era de El Paso, Texas. Había sido su sheriff durante más de cinco años y seguía contándolo. Y con eso casi lo digo todo de Ibrahim. Si además añado que Nancy se fue tras la primera visita de Rosco “dientes negros” a buscar en el sur solución a su amenaza de rapto, y que en unos meses regresó felizmente casada con el tal Ibrahim, entonces todo el puzzle les debería encajar.

Aunque Rosco “dientes negros” y sus cinco, acostumbrados a robar a ganaderos desvalidos de las llanuras, no tenían por qué conocer a alguien de tan cerca de la frontera.

Ibrahim “el cabrón”, así le llamábamos todos en Siux Falls. Él siempre usaba esa palabra en español para referirse a las personas. Le valía para hablar bien de alguien y también para ponerlo a caldo. Qué palabra rara, cabrón. Qué difícil decirla como la decía Ibrahim, cabrón. Cómo suena de contundente. Cabrón.

Intenté colarme entre la gente, pero al percatarse los demás de la presencia de un niño, empezaron a apartarme y a darme pescozones y hasta patadas en el culo.

Tuve ganas de llorar, pero las mujeres me cortaban con un dedo delante de la boca, así que pensé en volver sobre mis pasos para rodear la calle Misuri y llegar a su otro extremo por la paralela calle Trasera. En ella no habría ahora ni un alma y tendría el paso libre hasta el otro lado. Allí estaría preparado Rosco “dientes negros” con sus cinco y yo podría disfrutar de una perspectiva única y peligrosa del momento. Ver así de cara a nuestro cabrón de cara áspera desenfundar y abrir fuego. Y averiguar si la cicatriz que le dividía en dos el ojo izquierdo le servía de punto de mira con el que jamás fallaba, como no se cansaba de repetirnos.

Al enfilar la calle Trasera volví a ver al doctor Grape en el porche del saloon, dormido, con los pies sobre la valla y el sombrero haciendo equilibrio en su narizota roja.

Miré al suelo y corrí deprisa. Empezó a soplar viento caliente y tuve que pararme a respirar, con las manos sobre las rodillas y ganas de cagar de los nervios. Estaba a medio camino. A mi izquierda sonó el chirrido grave del portón de la iglesia.

El padre Dan salió de la oscuridad de dentro, con una Biblia en el brazo y el traje morado de los funerales. No me habló, sólo hizo un gesto con la mano para que me largase y volvió a su escondrijo con palco privado a la calle Misuri. Reanudé la carrera preguntándome para qué querría un pueblo tan pequeño una calle tan larga. Seguramente, para esto. Los dos tiradores estarían ahora mirándose, moviendo los dedos, marcando los tiempos. Y yo quería ver con mis propios ojos cómo de certero era ese hijo de puta de Ibrahim para que nuestra Nancy lo hubiera elegido. A él por encima de cualquier otro. Apreté los dientes y sentí que las piernas me iban solas por momentos.

Casi había llegado a la entrada de Siux Falls. Justo enfrente del corral de Joe, donde las gallinas y los pavos picoteaban tranquilamente ajenos al revuelo de sus dueños. La cabeza me latía como si tuviera en ella otro corazón. Y por fin, a punto de doblar hacia la calle Misuri, oí un "¡Bang!".

Pero no fue un "¡Bang!" sólo. Fue un "¡Bang!" y a la vez un "¡AY¡" de alivio colectivo. Fue un "¡AY¡" y al mismo tiempo un trueno que rompió en el cielo. Fue un trueno y al momento el graznido de cien pollos y cincuenta pavos desplumados del susto en el corral de Joe.

Frené el paso y vi caer tras la última casa de la calle, a unos diez metros, el cuerpo de Rosco "dientes negros". Sus cinco aparecieron por delante de mí al galope, hiriendo a las monturas con las fustas. En segundos habían pasado el cartel de Siux Falls para no volver a verlo. Porque para no volver a leerlo sería mucho decir de esos cinco.

Empezó a llover, el cielo estaba tan oscuro que parecía de noche y se oía a lo lejos la fiesta que había en el pueblo. Me acerqué hacia Rosco, caía con la cabeza ladeada hacia mí, mirando a ninguna parte, con los ojos muy abiertos. Se le mezclaba la negrura de los dientes con el rojo de la sangre que le salía de dentro. Le toqué, aún caliente, cuando de repente alguien me agarró por detrás, asustándome y haciéndome caer al suelo.

Me giré con el culo clavado en el barro y vi al Doctor Grape. Se me apareció como un dios de los griegos entre los rayos y relámpagos que dibujaban grietas detrás de su cabeza desde el cielo. No me pregunten cómo llegó en su estado y en tan poco tiempo, pero lo hizo. Llevaba mi hatillo de libros. Me los tiró encima. "Toma, quizá te esté salvando la vida. Ignorante. Gañán".

Se agachó junto a mí. Giró la cabeza de Rosco dejándola caer al otro lado. Le abrió el chaleco y tocó con dos dedos el agujero púrpura, con la firma de Ibrahim, por el que el cadáver se había vaciado entero. Se levantó con dificultad y sacó una libreta de su cazadora marrón. Apuntó algo con un lápiz, la cerró y se ventiló a morro lo que le quedaba de ginebra en el otro bolsillo a modo de recompensa. Yo le seguía mirando sentado en el charco, superado por el momento. Se quitó el sombrero y lo vació de agua. Se lo puso de nuevo con una mano, me miró y me dijo con ese acento cojonudo que tienen los borrachos.

"Yo, el Doctor Grape,..., certifico. Este tío está muerto..."

"¡Y bien muerto, el cabrón!", dijimos los dos al unísono antes de echarnos a reír.

El huevo de Alberto

Alberto dio un beso en la mejilla de su esposa, entre las arrugas de un carrillo y la tela del pañuelo que le cubría la cabeza. Por debajo, el pelo le discurría ordenado y estricto entre horquillas, anudándose en la cebolla de su cogote, como un casco fenicio de plata.

Le sonrió unos pocos segundos, bajó su cacha ágil del codo al suelo. La clavó con energía y apoyó su pequeña figura hasta el ángulo mismo en que se inclina la torre de Pisa. Se giró acompasado mientras levantaba su otro brazo para despedirse de ella, que le respondía desde el porche, espantando el aire con el reverso de una mano.

Dio una vuelta perfecta en torno a la cacha, como si la protuberancia que le hacía llevar la talla máxima de pantalones no sólo no le hiciera torpe el movimiento, sino que, incluso, le ayudara a sincronizarlo. Porque Alberto vivía como un satélite alrededor del planeta en el que se le había convertido un huevo. El izquierdo para ser más concretos.

Y créanme, porque para entrar al taxi que esperaba en la puerta tuvo que meter un pie primero, tirar el bastón al asiento trasero y agarrar desde abajo y como Atlas a su condena, la esfera flexible pero turgente que apretaba sus entre panas. Luego apoyó el culo en el asiento y subió la otra pierna a la carroza. No se imaginan ustedes qué huevo. Viéndole sentado y encorvado sobre él, podríamos decir que era como medio Alberto.

Al final, lograron acomodarse atrás. El campesino y su preciada carga.

Miró entonces a los ojos de cejas gordas del espejo retrovisor de dentro y les dijo seco como un roble muerto: "A la ciudad".
Esos mismos ojos no dejaron de seguirle a él y a la carretera a partes iguales todo el trayecto. Y es que si la fuerza gravitatoria de un cuerpo pudiera medirse en la atención que en los demás despierta, pudiéramos estar hablando de un agujero negro en el caso testicular de Alberto.

Recordaba por el camino cómo le había ido creciendo. Al principio sólo doblaba el tamaño de su gemelo. Luego se fue hinchando, rellenando. Como una pelota de tenis. "Vete al médico", le dijeron. Pero era tarde. Y él ya había caído presa del apego. Más aún cuando al fin todos le miraban con algo que no era, pero se parecía, al respeto. Y con los años fue de pelota a melón. De melón a balón. De balón a balón playero.

Llegaron al destino tras veinte kilómetros de silencio.

- ¿Qué le debo, jefe?

- Nada señor. Vaya tranquilo. Suerte cuando le quiten eso.

- Eso no va a irse hoy. Espéreme y le pagaré doble al volver al pueblo.

Con pasos bien medidos deshizo el movimiento de entrada al taxi y puso sus piernas combadas y su cacha en la acera. Cerró de un portazo el coche y levantó un poco la boina para ver el ajetreo de la capital de lejos, desde sus ojos oscuros y pequeños. Respiró hondo, pues el peso de su bragueta requería siempre de un resuello estratégico. Y comenzó su lento andar en movimiento de traslación, por delante de la catedral, hacia las callejuelas de pavés del centro.

Por el camino encontró peregrinos, señoras con bolsas de la compra y la excursión de un colegio. Todos le presentaban, cada uno a su manera, sus respetos. La atracción que la bola ejercía sobre ellos hacía que no pudieran apartar la vista del astro en ningún momento. Y ahí Alberto se sentía cómodo. Orgulloso por ser el único con tal gallardía como para llevarlo puesto. Sonriendo a las lunas con mochilas que se habían escapado de la cola y giraban y reían a su alrededor durante el trayecto.

"Foto Manzano. Aquí debe de ser." Murmuró y empujó la puerta del negocio hacia dentro. Dos salvas de música electrónica sonaron a su entrada, y el chico de gafas del mostrador, que trataba de superar el magnetismo a duras penas mirándole a los ojos, le atendió dispuesto.

Alberto ordenó la escena. Se sentó en un taburete redondo. Abrió bien las ancas. Se apoyó con el codo en el bastón. Como posando tras una de esas cacerías en la sabana. Por salacot la boina. Y por rinoceronte, su huevo. "Dispare jefe". Y dicho y hecho.

CLICK....CLICK....CLICK....CLICK....CLICK...CLICK...

Alberto pagó las fotos y sacó un sobre de su chaqueta con la dirección ya puesta. Le pidió al chico algo con lo que escribir. Escogió la mejor de las fotos y le dio la vuelta. Se agachó, apoyándose en el mostrador con los codos y escribió al dorso, con caligrafía barroca de vieja escuela:

"Hola Isaac hijo. Tu madre te echa de menos. Perdona mi orgullo y vuelve por favor.
Te mando esta foto, para que veas lo que hemos crecido desde la última vez.
Te queremos".

El Jefe

Es la historia que más veces he contado con diferencia. Todo el que entra en el salón de mi casa se encuentra con ese banderón en la pared con la cara del Ché sobre el pantone rojo. Lo primero que me suelen preguntar es por lo que destaca. La más grande de las dedicatorias escritas sobre la tela, en inglés. QUE VIVA EL SINDICATO CON MAYÚSCULAS. QUE VIVA EL SINDICATO DEL CRIMEN.

Y antes de que se lancen a leer quién lo escribe y el resto de firmas en rotulador plateado, les paro, les siento en mi sofá, desde dónde se ve la silueta del Ché pero no se lee nada, les sirvo un gin-tonic o lo que quieran y pongo a prueba mi credibilidad.

Porque de aquella mis años eran diez menos, mis kilos estaban mejor repartidos y mis pelos medían tres manos más. Aquellos preciados y perdidos rizos negros que recogía detrás de las orejas y que estirados tras la ducha podían considerarse melena.

Resulta que iba aquel día con la bandera atada a la cintura y los banderines del sindicato a una protesta anti-no recuerdo el qué, cuando crucé la calle sin mirar el semáforo. Y eso en Madrid tiene sus riesgos. El más inmediato dio con mis huesos en el suelo, los banderines patinando y la cabeza tratando de coger algo de aire, apoyada sobre el asfalto caliente. Sentí el impacto en la pierna como si me hubiera atropellado el camión de la basura.

Detrás de la cortina de pelo y todavía de lado en el suelo, vi que una enorme limusina blanca con punto de mira de plata había sido el epicentro del atropello. Levanté un poco la cabeza, miré al otro lado, no había más coches en la carretera. Salieron rápidamente un tipo con traje y gorra de chófer y otro, más o menos de mi edad, poniéndose una bata blanca. Se acercaron a mí, y me invitaron a relajarme y no moverme.

"Joven, cómo se llama" me preguntó el chico, apoyando el pulgar en mi mejilla.
"Víctor..." No me dio tiempo a terminar cuando me deslumbró con la linterna de un boli en el ojo.

"Víctor, escúcheme, el golpe ha sido a poca velocidad. Cruzó usted el semáforo en rojo."

"Lo sé, lo sé, lo siento, iba despistado. Me duele la pierna, es usted..."

"Médico, sí. Escúcheme, veo que no es grave pero nos puede llevar tiempo, y es algo que ahora no tenemos, créame. Agárrese a Alfredo y le llevaremos al coche para seguir examinándole por el camino. Si hay que llevarle al hospital, yo mismo lo haré cuando lleguemos al campo."

Cómo iba a negarme, entre aturdido, medio mudo y magullado. Así que me agarré a los dos y fui a la pata coja con los brazos enganchados a sus hombros. Escuché al doctor decirme mientras corría la puerta de aquel coche-acordeón:

"Ni se imagina usted de quién es esta limo".

Pero sí, he de reconocer que me lo llegué a imaginar. Como si fuera una revelación. Porque en ese momento yo miraba hacia arriba. Todas las farolas de la calle me lo decían en carteles de lona a ambos lados y en letras blancas sobre fondo azul.

VIERNES NOCHE, MADRID.
THE E-STREET BAND
AND...
***** THE BOSS *****

Viernes noche, Madrid, ni un alma afuera, una limusina blanca en mi camino, and...

... THE BOSS.

Reconozco que no había escuchado un disco suyo en mi vida y que me pareció muy bajito cuando me sentaron dentro y se levantó para ver qué tal estaba. Al principio me calmó los nervios más que nadie al hablarme con su voz pausada, arenosa. Llevaba un gorro de lana y dos muñequeras negras. Me sorprendió su fuerza y energía al agarrarme por un brazo mientras me daba palmadas en el otro. Yo era muy ignorante de aquella y no sabía nada de inglés, así que miraba de vez en cuando al doctor, que se afanaba arrodillado en el suelo en ponerme una venda elástica, para que me tradujera.

Recuerdo que Bruce llevaba una camisa remangada, de cuadros azules y blancos, y un chaleco de cuero oscuro. Se sentó y cogió una guitarra acústica que ocupaba el asiento del fondo, se apoyó cayendo sobre ella y me miró sonriendo. Con una sonrisa sana, con cara de mito de ojos negros y la boca como un cazo, acabada en una cola de chivo bajo el labio. Con sus pendientes, collares y metales varios. El abuelo que cualquiera hubiera soñado tener. Todos mis prejuicios con América se iban cayendo uno a uno, segundo, a segundo, como si de repente tuviera dentro una sensación parecida al amor adolescente. Caían presos por la puesta en escena, por los protagonistas y por el guión. Sólo a ellos les sale así. Sólo a ellos les da para Disneyworld, Woodstock y La Diligencia todo a la vez.

La cagué. La cagué mucho. Ahora me da hasta vergüenza, pero nadie me lo tuvo en cuenta. Mirad, Springsteen al fondo, el médico en el suelo, tres chicas negras de otro planeta contrastando sus interminables piernas con el cuero blanco enfrente, un tipo de patillas a su lado haciéndose un canuto y justo al mío un señor que me ofrecía una copa de champán. Y claro, gilipollas de mí, al verle ahí de cerca, con un pañuelo a la cabeza, tan reconocible, solté:

"Coño, si es usted el de los Soprano."

E inmediatamente las carcajadas rompieron el hielo. Porque bueno, sí. Era ese que sale en los Soprano. Pero antes guitarrista de la E-Street Band, un detalle que sólo yo podía pasar por alto y no saber a esas alturas. Poco me importaba. Por la derecha me llegaba una copa dorada de burbujas servida por el ex - Soprano, ahora músico, Gus Van Zdant. Por la izquierda un canuto que rulaba tras su paso por las bocas de tres diosas africanas y en el asiento del fondo el Bruce. El puto Bruce Springsteen en carne y hueso que se arrancaba con su guitarra a cantar "working on a dream" como si fuera un concierto benéfico por las víctimas de la limo. La limo que, claro, nos llevaba a todos al concierto. "Al Vicente Calderón", me dijo el doctor sentándose y dándome palmadas en la pierna recién momificada.

Gus "Soprano" resultó ser un tío muy divertido, como casi todos los anchos de espalda que he conocido en mi vida. Miró a la bandera y puso el pulgar hacia arriba. "El Ché", me dijo. Yo había olvidado que la llevaba a la cintura y me la desaté. Se la entregué abierta y le pedí por favor que me la firmaran. Le expliqué nervioso algo de todo ese rollo de la manifestación del sindicato. El médico trataba de resumírselo mientras yo no sabía ya si beber, si fumar o si mirar a Bruce, al que las tres chicas negras le hacían ahora los coros. Cómo sonaba aquella limusina por dentro al cruzar el Manzanares. Como si la carretera fuera un pentagrama o el mástil de una Gibson al pasar el río.

Pude escuchar los gritos de la gente afuera cuando entramos en los garajes del estadio. Aparcamos y salimos todos, aparecieron unas muletas no sé de dónde y un montón de gente peculiar se acercó a saludar y abrazar a Bruce y a los demás. El médico me preguntó por el dolor. "¿Qué dolor?", le dije apoyado en las muletas. Nos echamos a reír. Me dio un calmante y seguimos al grupo hasta los camerinos. Bruce corría, el primero de todos, haciendo ruido de caballos al taconear sus botas contra el suelo. Él que ya rondaba los sesenta. Y todos detrás. Sólo con su estela se podría cargar uno de energía para un mes.

Me invitaron a bajar entre el público de las primeras filas. Fans de toda la vida y familiares. Gorras de baseball y niños con pecas a los hombros de sus padres. Tres horas se tiró el tío, tres con todos sus minutos. Sin dejar de tocar, de cantar hasta la afonía, de correr de un lado a otro. Y yo allí, con mi bandera del Ché Guevara hecha falda. Disfrutando de la reacción de los calmantes con el champán y los porros. Entre las luces de colores que yo sentía que me seguían a mí de entre los cien mil que cantaban cada tema. Saludando al Bruce como que me estuviera mirando a cada momento y nos conociéramos de toda la vida. Y al final, totalmente poseído por el imperio, acabé enfundado en una bandera enorme, de esas con barras y estrellas, cantando el "Born in the U.S.A." a voz en grito, que era lo único que yo me sabía de aquella de Bruce. Manda cojones, pensé en un momento de lucidez, si me vieran ahora los del sindicato.

Todo acabó y no tuve ocasión de mantener otro momento íntimo junto a ellos. Quedaba poca gente y salí a buscar un taxi que me llevase a casa. Un coche se paró y bajó la ventanilla. Era el chico, el médico, que me invitaba a entrar. Me senté, coloqué las muletas como pude y no dudé en darle un abrazo, de esos de casi llorar. Me llevó hasta casa y empezamos ahí nuestra amistad. Hacemos por vernos cada cierto tiempo y es siempre para hablar de cosas buenas que nos hacen esquivar por un momento la realidad.

Hay un día desde entonces que celebramos de manera muy especial. Y es cuando Springsteen, que sigue el tío por ahí rodando, viene a tocar a Madrid. Y nos llega a casa una entrada para el concierto, cada una al lado del otro. Y en la mía siempre pone detrás, en mayúsculas y en inglés. Con letra de consiglieri de Jersey:

"Que viva el sindicato del crimen. El sindicato con mayúsculas."

Por el otro sindicato, el de verdad, no me han vuelto a ver el pelo desde aquel día.

Ni falta que hace.

Familia feliz

MATÍAS ES EL TÍPICO MUCHACHO ENCLENQUE y apocado.

Un Peter Parker al que nunca le ha picado una araña radioactiva y lo ha convertido en un héroe carismático capaz de patearle el trasero a un bruto musculoso disfrazado de rinoceronte. Pasa la tarde estirado en la cama, leyendo tebeos después de acabar el último trabajo de historia que le han encargado en el instituto. Está apurando las últimas páginas de un viejo ejemplar de Amazing Spiderman con guion de Straczynski cuando su hermano Román asoma su cabeza enorme, de formas toscas y una albóndiga por nariz, y le dice que su madre quiere verlo.

Aunque le fastidia dejar a medias la pelea entre el justiciero y el doctor Octopus, no pone mala cara ni imita en un tono ridículamente grave la voz de Román. No es de la clase de lánguidos resentidos que se alistaría en la banda sicarios de un supervillano para sentirse poderoso y dar un escarmiento a los compañeros de clase que le atizan collejas a diario. Sería el sidesick poco brioso cuya muerte apenas lamentan una docena de fans. Está tan desprovisto de impulsos que nunca ha sentido ganas de girarse y arrancarle la mano de un bocado a uno de los otros chicos. Como encaja el pescozón, deja el cómic sobre la colcha, se calza las zapatillas y sale hacia el lavadero.

La madre recoge la colada. De espaldas al chico, hunde los brazos en la tripa de la lavadora, coge unos calcetines o una camiseta húmeda y la prende del tendedero. Tarda unos segundos en darse cuenta de que Matías espera en el pasillo.

–Hijo –se sorprende–, ¿querrás llamar al chino? Pregúntale qué quieren comer a tu padre y a tu hermano, haz el favor.

Los viernes se cena comida china. Ha leído en algún lugar que los rituales aportan seguridad, como las agarraderas que hicieron instalar en el cuarto de baño de los abuelos. Está convencido de que la metáfora original era menos chusca, pero venía a decir lo mismo. Los platos que piden tampoco varían demasiado: tres rollitos de primavera; una ración de ternera con bambú; dos de tallarines para que Román y el padre no se peleen por ver si uno ha comido más que el otro, y una de esa receta de pollo revuelto con siete clases de verduras distintas a la que le han traducido el nombre por familia feliz.

–Diles que te pongan dos potes de salsa agridulce, que no sean rácanos que siempre les pides dos y traen uno –grita el padre desde el sillón mientras Matías habla por teléfono.

El chico pide por favor que les sirvan dos terrinas de salsa con el pedido. Y vuelve a su habitación.

Román se encuentra también en su dormitorio, la madre termina de tender y comienza a barrer, incordiando a su marido que tiene que esforzarse por levantar los pies del suelo mientras ve la televisión. El doctor Octopus está a punto de ser derrotado por Spiderman cuando el sonido áspero del timbre brama desde el recibidor.

–¡El chino! –grita su hermano desde la habitación contigua.

Pero se trata de un mensajero. Un chico joven, con un uniforme marrón que le queda un par de tallas grandes, le entrega un paquete. Es para su madre, pero el tipo le aclara que no hay problema. Firma el albarán y puede volver dentro.

–¡Qué rápido las han traído! –celebra la mujer, que le quita la caja de las manos.

El marido mira de reojo, Román aparece en el comedor.

–¿Qué es eso?

–Una sorpresa –responde visiblemente contenta.

–¿Qué es? –repite el hijo menor con un tono surcado por vetas de cabreo.

–No lo sabréis hasta la cena. Ya lo veréis –zanja la conversación pronunciando el anuncio con un aire pizpireto y enfila el pasillo hacia la cocina.

–Un poco de silencio, ¡joder! –, reclama el padre en diferido, cuando ya se han callado– Así no hay quien se entere de lo que... ¡Gol! ¡Gol!

El repartidor de comida aún se demora diez minutos. Es menos de lo que tarda Matías en acabar la historieta, pero el partido de fútbol sigue en liza cuando vuelven a llamar a la puerta y la mujer pide a voces que pongan la mesa. El chico le coge un billete de veinte euros del monedero y aguarda junto a la entrada, con un pie sobre el rellano. El padre reclama un fuera de juego señalando amenazadoramente la pantalla. Román anda disparando contra soldados nazis que defienden una pixelada playa de Normandía. Es ella quien termina por colocar el hule, los cubiertos..., con ayuda de Matías. El padre, el televisor, el hermano, el ordenador, una bolsa de plástico cubierta por una pátina de aceite, el olor a fritura, las ojeras de la madre. La rutina aporta seguridad, se repite, pero quizá hayas perdido perspectiva.

Puede que te cayeses hace tanto tiempo que ni lo recuerdas, que te duelan los huesos se ha convertido en el estado de normalidad y así atornillaste las agarraderas al suelo y estás ridículamente aferrado a ellas. Desde fuera, al que está de pie, le parecerá un chico imbécil haciendo equilibrios mientras está derribado. Pero desde el suelo, rodeado de otros en su misma postura, cobra sentido.

El padre es el último en arrastrar los pies hasta la mesa. Lo hace a regañadientes, porque la esposa lo amonesta, pero le quedan cinco minutos al partido y está empatado, gruñe. Se queja de que nadie le ha sacado una cerveza de la nevera.

–Podrías cogerla tú mismo –le sugiere ella mientras va a buscarla.

Al regresar de la cocina, deja la lata sobre el hule y atraviesa el salón hacia su dormitorio. Vuelve en seguida con una caja de madera oscura, a juego con el cardenal que le afea el antebrazo derecho. Román y Matías adivinan que se trata de lo que contenía el paquete que un rato antes había entregado el mensajero.

–¿Qué es? –retoma el hijo menor.

La madre no responde. Se le ha dibujado en el rostro una sonrisa amplia y enigmática.

Abre la caja.

Los tres hombres la observan. Extrae de ella una larga cinta de tela oscura con motivos orientales bordados con hilos blanco y dorado y la coloca ante la vista de su familia sosteniéndola por ambos extremos de manera que queda totalmente estirada.

–¿Qué coño es eso? –el padre se adelanta a Román, a pesar de que mastica un pedazo de rollo de primavera que se le escapa por la comisura de la boca.

–Mordazas –aclara.

–¿El qué? –interviene el muchacho.

–Son mordazas –repite visiblemente entusiasmada–. Os explicaré cómo funcionan.

La madre abre la boca ampliamente, se coloca la cincha entre los labios, aprieta la mandíbula y anuda los extremos en su nuca. Luego abre los brazos y muestra las palmas hacia arriba. Si pudiese hablar, diría algo así como "¡Tachán!". Su marido y sus hijos la miran con un estupor que les confiere a sus ojos el tamaño de una pelota de tenis. La escena dura un par de segundos más, ella está esperando algún comentario de admiración, en sus previsiones más optimistas, incluso un aplauso generalizado.

Finalmente afloja el nudo y deja que la tela le caiga hasta el cuello.

–¿No os parece una idea estupenda? ¡Mordazas! –trata de inocularles su fascinación. Reparte una para cada uno, que la toman como si fuese una especie de mascota nunca antes vista y de la que, pese a su aspecto inofensivo, desconfían de que les pueda hincar un colmillo en el pulgar–. Vamos, probáoslas.

Román es el primero que muerde el trapo, sin cuestionarse siquiera qué está haciendo. Matías lo sigue con movimientos dubitativos. El padre se encoje de hombros y tarda poco en colocárselo.

–Si apretáis bien, incluso parecerá que sonreís –indica la mujer.

La baldosa de Ockham

Hay una baldosa en la plaza de mi barrio que se salió del puzzle y que por la dejadez de los de mantenimiento, la crisis, la ineptitud de los elegibles o todas las razones juntas y puede que alguna más, no ha vuelto a ser encajada.

Y un día que iba yo para casa, cruzando la Plaza de los Molinos a paso ligero, mirando a los árboles dispuestos en formación y luego más arriba a los pájaros que antes se iban en invierno y ahora se quedan todo el año, la punta de mi pie dio un golpe seco sobre ese cuadrado rampante por ensamblar.

Fue instintivo, vi el abismo al que iba de cara sin opción de rebobinado. Mi otra pierna reaccionó increíblemente ágil y acabé dando cuatro pisotones de levantar el polvo, uno detrás de otro, que me permitieron volver a recuperar la vertical. En ese instante, corto para el tiempo largo para mí, sentí una descarga fría de los pies a la garganta, como si cada una de mis células fueran burbujas de Coca-Cola en agitación.

El caso es que tras volver al paso, mirar alrededor para ver si merecía la pena el gasto de vergüenza y bajar la vista al suelo para cagarme en los cuarenta padres del alcalde, mi cabeza saltó en caída libre hacia otro lado que no tenía relación alguna con el suceso. En ese instante me hice la pregunta que sabía que, tarde o temprano, acabaría por llegar.

Me llevaba negando la contestación un tiempo, pues yo suelo hacer las cosas sin más detalles que el mítico, "porque me sale de ahí". Y es una respuesta que muchas veces también me doy a mi mismo. Pero el destino, que es a lo que recurro cuando algo no me cuadra en el libre albedrío, se me apareció ese día en forma de inoperancia municipal para que me preguntara mirándome a los ojos:"Igor", (porque a mí, mi yo me tutea y me habla siempre con voz ronca de vaquero viejo), "Y tú, ahora, realmente... ¿por qué escribes?".

Y como me pareció justo, hice introspección, feliz por seguir teniendo todos los dientes. Fuera gracias a lo que fuera.

Así que eché la vista atrás, me fui casi al principio. Para ir barriendo todos los argumentos desde el fondo y obtener alguna respuesta al recogerlos.

Porque, una cosa está clara, desde que era un niño siempre tuve mi propia interpretación de los hechos que conforman la realidad. Era un niño que miraba alrededor cuando había que fijarse en un punto y se perdía en un punto cuando los demás miraban alrededor. Un "defensor de causas perdidas" para algún domador que tuve como tutor. Un tímido que echaba lo que había que echarle llegado el momento. Un rebelde pero con causas.

Reconozco que mi actitud ayudó para que al hablar me escucharan, así que podemos decir que me encontraba en la etapa de transmisión oral cómodamente instalado. Con los riesgos del directo. Feliz en la prehistoria.

La voz como aliada para sacarme de líos y ahorrarme más de una y más de dos hostias. Y el tono y el gesto que, combinados, hacían mi yo en todos los formatos posibles.

Ya había señales por entonces. Que me decían que debía dejar mis cosas grabadas en alguna otra parte más allá del recuerdo de los vivos. Alguna de aquellas que contaba en los corros de más diámetro en los recreos. No podía faltar un año sin enviar la carta del cumpleaños de mi padre, era como un clásico esperado por todos en casa, era como "Tiburón XVI". Señales que se quedaban siempre ahí. Porque yo debía considerar que no era el momento. O simplemente temía no cumplir las expectativas. Así que me fui lejos a ser un hombre de ciencia.

Pero en el camino estalló la guerra. Mi gran guerra química.
De la guerra hablo pero nunca escribo. Aunque podría llenar un libro como un tomo de la Larousse. Pero creo que no estoy preparado. No me parece el momento. Quizá cuando acabe. Quizá si la ganamos.

Y en uno de los diez años que llevo en el frente llegué a tener que contármelo todo otra vez. Porque en un momento de esa maldita guerra me quedé sin la carretera que acaba en mis recuerdos. Sin brújula. Y tuve que volver a echarle brea y pasar apisonadora para que fueran regresando, poco a poco.
Así que, realmente, creo que ya llevaba toda la vida escribiendo antes de ponerme a escribir.

La pregunta entonces tiene más relevancia aún. ¿Por qué lo hago? ¿Por qué ahora? Podría ser por sentirme realizado, para ganar algún premio, por llamar la atención. Motivos que a estas alturas no me costaría reconocer si fueran ciertos. Podría ser para contar las aventuras que he vivido, para resumir en un libro mis sueños, para hacerme un homenaje para la posteridad. Pero tampoco me parece, porque mi ego ha ido erosionándose con el tiempo. Podría ser para contar todas esas historias que desde que soy un niño me cuento, y que si no se perderán cuando llegue la noche eterna. Porque me gusta construir otros mundos, personajes y argumentos.

Podría.

Pero tirando de método, cuando ninguna de las razones destaca por encima de las demás y en igualdad de condiciones, la más sencilla suele ser cierta. Así que, y para ser cortés con la baldosa, le diría que la razón por la que ahora escribo es porque me da la real gana.

Pero, sobre todo, porque ya no tengo miedo.

Ese puto miedo que acaba con tantas historias bonitas antes de tiempo.

Serpiente de cascabel

Folsom Prison Blues

Disparé a aquel tipo en Reno por el simple placer de verle morir. El silbato del agente del sheriff anunció mi condena diaria de grilletes en los pies y brea en la carretera. Los hombres malos también me hicieron rectificar. El Juez tiene trabajo acumulado y yo soy impaciente, así que me he sacado de aquí. Corro a duras penas mientras me despojo del disfraz. El silbato del tren. Subo al vagón del ganado. Adiós Folsom Prison. Un silbido me trajo aquí y otro me saca. Es justo, aunque no sea de justicia.

Canción ligera de Lewis y Charles

Preparados, listos, LA explosión.

El Sol, el agua y la mitosis cobijada. División tras división, vida en el mar, de ahí a la tierra, al cielo. El Tyrannosaurus Rex. El gran impacto, de lo grande a lo pequeño.

Sigue el fuerte, muere el débil.

Un mono, al que sigue un mono, y otro, y otro más. Cro – Magnón por Neanderthal. Y luego sapiens - sapiens. De la rama al suelo. Y en un abrir y cerrar de ojos el acero. Y el alcohol. Caballos salvajes, el primer mamífero en llevar taparrabos.

Sigue el fuerte, muere el débil.

La guillotina, la esclavitud, diamantes en la crucifixión. Y el oro. Sangre por oro y libros en una hoguera. El primer mamífero en llevar casco. Hombres que siguen a hombres, minas antipersona, el chasquido del Ku Klux Klan.

Sigue el fuerte, muere el débil.

El Holocausto, ergo existo. La ley, los púlpitos, el pueblo. Armas en serie, la silla eléctrica. El primer mamífero en vivir a cien metros de altura. La Gran Guerra, y la siguiente, y la otra. Vietnam. Jaulas con animales, cazas en el cielo. Nagasaki y aparte.

Sigue el fuerte, muere el débil.

El 29, el dólar. Putas en Ciudad del Vaticano. Computadoras vigilando nichos de trabajo, entierros en vida. El primer mamífero en llevar reloj. La última de las ballenas. Vivisección. Satélites al espacio. Huellas en la luna. Un gran paso, el gris por el verde, el turquesa teñido de rojo.

Sigue el fuerte, muere el débil.

Realidad virtual, clonación. Paris Hilton. El primer mamífero en llevar código de barras. Y el juguete de la fisión. La última guerra. Cucarachas. El primer suspenso en clase de Dios.

Sigue el fuerte, muere el débil.
… …
… … … … …

Alicia: "Pero, es extraño, ¡Corremos veloces aunque el paisaje no cambia!"

Reina Roja: "Corremos para poder quedarnos en el mismo lugar".

Ring Ring

Tengo un despertador guardado que me trae muy buenos recuerdos. Al contrario de lo que pudiera parecer, su sonido temprano cada mañana me llevaba a un mundo de hadas y dioses antiguos. Todo cambió desde el día en el que se acabaron las pilas. El día en el que una tortura de RINGRING comenzó a esclavizarme de por vida.

Desbandada

Hasta chocarse contra una pila de maderos. Un violento golpe contra el torreón que surgió, súbito, dc la noche sin luna. El globo aerostático gigante en el que huye mi pueblo humea ahora completamente inservible entre las vigas de roble de la caseta del vigilante. Al sur, siempre hacia el sur. Nada importa ya más que nuestra propia supervivencia. Con el anhelo de un porvenir pasamos revista y desenfundamos nuestro acero. Antes de bajar eliminando a nuestro paso hasta la última de las consecuencias. Antes de arrebatarles sus caballos y seguir huyendo hacia el sur.

Dar carena

Diario personal de a bordo. Capitán Nicholas Biddle.

Buque Andrew Doria de la Royal Navy. Verano del año 1774 de Nuestro Señor. Atlántico Norte.

Si tenía alguna duda moral para desertar, ayer la aclaré tras lo del pobre Paul Doe.

Quizá porque en el Doria usamos el diálogo para resolver disputas a bordo fue por lo que el pobre Paul se arriesgó a robar fruta del camarote de reservas anoche. Pero esta vez los invitados no son tan tolerantes. Llevo a bordo al joven y prometedor Teniente de Navío Inglés Horatio Nelson.

Cuando los oficiales de la expedición al Ártico se enteraron del incidente me llamaron a la cubierta de popa para tomar una decisión. Algo habrían dispuesto ya, puesto que al salir del camarote vi a mis hombres arrastrando grandes cabos por la cubierta.

Recuerdo exactamente lo que dijo Nelson: "Señor Biddle, si no saben respetarle en una simple expedición, no estarán preparados para hacerlo en una guerra".

Así que tuvo la idea de recurrir a métodos en desuso para que el futuro del pobre Paul lo decidiera Dios.

Lo sacaron del calabozo y recibió a la luz del día apartando la cara y cerrando los ojos. Todavía ciego, le ataron un cabo a cada tobillo y dos más en las muñecas. Lo tumbaron en el suelo abierto como un aspa. Los nudos que le apretaban los brazos continuaban en dos hileras agarradas por hombres en la banda de estribor. Los de los tobillos bajaban por cubierta hasta el agua, rodeaban por debajo el buque y salían de nuevo por la otra, donde el resto de sus compañeros asían nerviosos las jarcias, apretándolas contra las costillas del Doria.

Paul me miró implorando perdón, pero sabía que poco podía hacer yo contra la orden de un superior, aún en mi barco. Apreté los labios y deseé que fuera lo suficientemente fuerte para sobrevivir. Era la primera vez que veía pasar a un hombre por la quilla.

Los segundos posteriores se hicieron eternos. Los marineros de babor tiraron con energía de los dos cabos a una orden de Nelson . Paul desapareció bruscamente por la otra banda mientras los que le asían de las muñecas soltaban cabo. Había cogido aire al menos. El sonido seco de las sogas contra la cubierta era lo único que oíamos. Crujir. Sus compañeros trabajaban duro para que el viaje fuera lo más corto posible. Imaginaba al pobre Paul restregado contra los costados, golpeado contra la columna vertebral del Doria y vuelto a restregar contra la otra banda. Herido y desangrado por los caracolillos que se pegan al casco como cristales rotos.

A pesar del esfuerzo de sus compañeros, Paul subió muerto.

Mañana se irán mis huéspedes. Mañana desertaremos todos.

El Doria cambiará su pabellón.

Y nos iremos a la guerra.

Capitán Nicholas Biddle
Buque Andrew Doria de la Armada Continental

Hola terrícolas

Hola terrícolas: <<*Coge algo entre los dedos y lo muestra*>>

Mirad lo que tengo entre los dedos. No lo veis, ¿verdad? Una limitación más, no os preocupéis. No es grave. Puede que se os aparezca más tarde en algún lugar de vuestra reducida dimensión. Por el momento lo dejaré posado por aquí.

Voy a contaros algo, algo que os va a sonar raro. Algo que tenía reservado en exclusiva para hoy. Y voy a hacerlo de la manera que os gusta. Con ritmo, acción y punturas que cuentan historias. Como veis he traído algo de ayuda.

Terrícolas. Podían haber buscado un gentilicio mejor para un planeta tan bonito desde ahí arriba. <<*Mira al cielo*>> Un planeta tan azul como el nuestro, o casi. <<*Suspira*>>

Todo lo que vais a escuchar lo olvidaréis mañana cuando despertéis. Lo siento, pero así debe ser. Es casi un favor que os hago, hacedme caso.

Tened en cuenta que si dijerais lo que yo sé podrían tomaros por locos, o peor aún, creeros.

Perdón si no os lo había dicho, yo soy de Abjasia. Y Abjasia es un planeta aún lejano para vuestras lupas. Un planeta ordenado, justo, considerado... y armado hasta los dientes.

Porque Abjasia es pacífica, pero no gilipollas. Así que, hace años, cuando descubrimos que empezabais a enviar fuera toda clase de cacharros lamentables, animales de cuatro y dos patas y un puñado de Gagarings, decidimos haceros una visita para prever males mayores. Porque, y no os lo toméis a mal, aunque os creáis el top de la evolución, el ombligo de todo este invento, sois algo paleolíticos todavía y necesitáis de que alguien os vigile. No seguiré con adjetivos ahora, porque realmente es así, en grupo, dais para unos cuantos.

Hoy se casa Erik, mi hermano en la Tierra. Están aquí nuestros padres, que para que me entendáis, es como si fueran los padres adoptivos de Superman. Qué hubiéramos hecho sin ellos. Me da miedo sólo de pensarlo. Y mis queridos abuelos. Mis flores del desierto. Un ejemplo de lo que, si quisierais, podríais llegar a ser. También ha venido mi pequeña Lois Lane. Son y han sido nuestro entorno en el planeta Tierra.

Erik y yo nacimos de la misma vaina en Abjasia. Y eso es ser más que hermanos, no hay palabra que lo defina en ninguno de vuestros idiomas. Salimos al Universo con el mismo espíritu, llamémoslo así, pero una actitud claramente divergente.

Una estrategia de autodefensa fruto de un proceso evolutivo que sería muy difícil de explicar ahora.
Así que no lo haré.

Nos enviaron como espías para saber de cerca qué es lo que podíais estar tramando. Llegamos, nacimos, crecimos, nos alimentamos y de momento hasta ahí hemos llegado como mamíferos punteros. Los dos extremos de nuestro ser han corrido libres desde entonces. Hemos sido el ying y el yang separado y puesto a saltar, experimentar y jugar. Porque al final de todo esto de la vida, creedme, no es más que un juego. Un juego enrevesado y divertido en el que hemos encontrado humanos excepcionales por el camino.

Los abjasianos somos conocidos por formar ejércitos, clanes o como lo queráis llamar. Y aquí reunimos uno de tal fidelidad y valor que nos lo pensamos llevar de vuelta. Vaqueros de primera para mi rancho de Tejas. Una tropa que sería el sueño húmedo de las Termópilas, si las Termópilas pudieran soñar... <<*Levantar la lanza. Todos los Mániax la levantan y dicen: ¡¡¡AHÚ!!! Ali también, si puede*>> Más de tres décadas llevamos en la Tierra. Dándolo todo. Lo que no nos ha desviado del objetivo para el que fuimos enviados aquí. Nuestro informe final sobre este planeta. Y del informe penderá en gran medida vuestro futuro como especie. Es así de jodido, pero es que es así.
Qué queréis.

Tengo que reconoceros que si la decisión hubiera dependido sólo de mí, las cosas se os pondrían feas. Pero para eso mandaron a Erik también. Para salvaros de un porvenir como el del planeta de los Simios. Porque Erik es el acuerdo, es la cordura, es el perdón. Y también es mi ángel de la guarda, el que ha moderado mis impulsos y el faro que ha alumbrado mi carrera a lo berserker. Erik es mayúsculo con mayúsculas. Lo sabían en Abjasia y ahora lo sabéis aquí. Así que no voy a contar nada de lo que yo os apunté como falta, porque creo que todo eso lo sabéis vosotros tan bien como yo, sino todo lo que él ha escrito y que os salvará el culo cuando regresemos a casa al final de nuestra misión.

Un día, no hace mucho, Erik me dio un toque de atención definitivo. Un día que yo andaba muy obtuso con vuestra raza. Uno de esos días en los que quisieras ser el enano cabrón de Korea, que te regalaran un botón rojo y montar el lío padre.

Me dijo: Igor, piensa, cuantas cosas hay de aquí que merezcan la pena. Y cuántas más habrá de las que no hemos visto.

Si los hacemos culpables no habrá ya más subida al Everest, ni cruce del atlántico, ni puente sobre el río Kwai. Tú también lo has gozado. Acuérdate de lo que nos hemos reído, piensa en los hermanos Marx, ¿no podrían ser Abjasianos? Vaya que no. Y en Charlot dándole patadas al mundo, la ruleta marsellesa, los cuatro de Liverpool, Clint Eastwood. Imagina un universo sin el recuerdo de lo Corleone, de lobezno, de las pirámides de Gizah, de los tesoros perdidos de los piratas. Un mundo que no escuche Carmina Burana, que no pruebe el tiramisú, que no beba Four Roses, que no juegue al mus.

<<*Mira a Erik*>> El Four Roses vale, pero tío, ¿el mus?

Aunque es verdad, porque todas esas cosas me las pienso llevar para Abjasia en nuestra vuelta. Ya veremos de qué manera. De momento habéis ido progresando y ya tengo un iPhone. Me podría hasta valer como recuerdo de vuestra Historia llegados el momento y la prisa. También pienso llevarme a un puñado más de aquí. En eso Erik estará de acuerdo, cómo no. Erik se llevaría a muchos, a muchísimos. Porque él posee el conocimiento clave de la causa última que nos has traído a todos aquí. Eso que no existe en Abjasia y que será vuestra salvación al final. Porque con el mus sólo no os iba a llegar fieras.

Conste que yo también llegué a alcanzar a entenderlo, pero mi particular interpretación no ha llegado ni de lejos al virtuosismo de mi hermano en el tema.

Porque Erik lo descifró desde el primer momento. Eso a lo que le dais tantas veces tan poca importancia. Eso que contradice todas vuestras leyes autoimpuestas, porque cuanto más regalas, más tienes. Eso a lo que llamáis amor.

Y entonces, un buen día, un día cualquiera hasta entonces, Carolina, una chica terrícola y él, se cruzaron por el camino con el destino y yo mediantes. Ya habéis visto lo del botones y la femme fatale subiendo las escaleras, y él encima de la mesa. Pues tuvo un comienzo bastante básico. En un ejercicio de puntería sapiens sapiens. De la caza del mamut a nuestros días ha pasado tiempo, pero al final os quedáis siempre con lo que os piden las entrañas. Así que se quedaron solos con el resto orbitando a su alrededor. Jugando a los dardos. Apuntando a lo rojo mientras bajaban la guardia y se ponían a tiro del amor.

<<*Coge el dardo otra vez*>> ¿Recordáis esto?

Pues el caso es que un dardo llevó a otro y ahí, entre el olor a la cerveza, el sabor de la cerveza y el sonido de alguna canción que invitaba a beber alguna cerveza más, en ese preciso instante, el amor les hizo ¡pam! <<*Lanza el dardo*>> Y los trincó. Porque al amor le da igual que seas abjasiano, selenita o de la Cabrera. El amor ni se inmuta aunque te creas muy listo y pienses que puedes pasar sin él. El amor siempre elige. El amor es el arma. Cómo no os habréis dado cuenta antes.

Al día siguiente mi hermano no hablaba, sino que decía cosas extrañas y sin sentido. Como si anduviera medio loco o envenenado con curare. Y yo, que puedo ver cosas que los demás no veis, noté su corazón pinchado y le dije, “Te ha disparado eso, bro... Pero tranquilo, creo que no morirás”.

Como seguro imagináis les había disparado a los dos. Y como sin duda sabéis, menos mal. Porque cuando el amor dispara a uno sólo, la cosa se pone cuesta arriba. O cuesta abajo, según se mire. Y es que eso, cuando es recíproco, se os clava y explota luego por dentro en serpentinas haciendo doble tirabuzón. Pero luego necesita que la miméis y que le deis forma. Que le dediquéis tiempo y paciencia para que no se aburra, se vaya y pase definitivamente de ti.

Y mi hermano del alma y Carol, su humana favorita, han venido haciéndolo. Con sumo cuidado. Como corresponde. Hoy lo quieren celebrar y compartir con todos los que habéis tenido la suerte de conocerles y pertenecer a sus vidas. Las vidas de un terrícola y un abjasiano que han roto la barrera del sonido para llegar juntos hasta aquí. Ya os dije al principio, mañana no os acordaréis de nada, pero quizá os levantéis y veáis en el espejo una sonrisa en vuestros perjudicados rostros pálidos. Porque de alguna manera sentiréis que hay un sitio más allá del alcance de los telescopios, donde cuando todo este juego acabe os vamos a llevar. Y ya veréis lo que es una fiesta en Abjasia.

Hasta entonces, dejad que os dediquemos, a los novios y a todos vosotros, esta, toda una declaración de intenciones. Como homenaje a la causa última de vuestra salvación. Eso a lo que llamáis, amor.

www.ingramcontent.com/pod-product-compliance
Lightning Source LLC
Chambersburg PA
CBHW020614310726
48979CB00008B/1482/J

* 9 7 8 8 4 6 1 7 1 9 7 7 8 *